あれは春《はる》のべそ。まぁ、そんなわけないし、もしそうなら、みんないつか死ぬ、ってことくらい意味わかんないし、わかんないものはすこし寝かせたい。けど今は眠ってる場合じゃないし、ってなると、目が赤いのも鼻すすったのもたぶん春の方に吹いてった風のせいで、だって強い気流が砂ぼこりを巻きあげたんなら普通に目に入んだろうし、その汚れを落とすための涙が鼻へまわったんなら自然にするし、流れた雲が太陽を隠して、ふと顔に影が落っこちたんなら表情だって見づらくなんだろうし。それはきっとそう、こじつけなし。とぼしい状況証拠からのがちな名推理は理解あるにょーぼ役のつとめのひとつなのです。

雲もどいたしインハイへ構え直す。目線の高さにミットのほつれとほころびと、はりつめた春が並ぶ。股んとこでもっかいギャルピをつき出したら、すぐにまた首を振られちゃった。そのたんびにキャップからはみ出した髪も一緒んなって揺れるから、先っちょから飛び散った雫《しずく》にお日様がぶつかって、きらん、が目にまぶしい。

ぼくの首筋だって玉の汗を感じてるけど、それはサインを拒否られて動揺してるとかじゃなくって、〈打たせて取るにはどうのこうの、目が慣れるから連続で高めにはうんたらかんたら……〉みたいな監督の声を、こざかしい、って思いながらも二本の指だけで、制球重視、って要約して、十六メートル離れた相手へ伝える、ってのはなかなか簡単じゃないし、骨が折れるから。この汗はチームのために、チームの勝利のために輝いている。そんで副次的に汗はぼくの体温をさげる。

このまんま春にサインを拒まれ続けたんなら、ピンとのびたぼくの人差し指と中指はムキんなって、まじで地面に突き刺さっちゃうかもしんない。だって別にリードもあるし、今はピンチでもなんでもないただのツーアウト二塁で、ただバッティングカウントなだけだし、なにより春のコントロールでこれまでも勝ってきたわけなんだし。

コースが嫌なのかもだから、サインを強調して右膝をついてミットをインローへ移す。今度はもう首すら振らなくなって、キャップを浮かして髪をかきあげだした。無茶な勝負しなくたってこのままいつもみたいに抑えれば勝てんだって、今まで通りに投げろ、そんな意味の顔を作り、マスクのフレーム越しに寄せた眉根の谷間からテレパシーを飛ばす。なのに春は目つむっちゃったし、しかもランナーもおかまいなしでワインドアップんなっちゃった。時間が止まったみたいに両腕を持ちあげたままの春は、パチって目を開くと、うるんだ瞳でぼくを見おろしている。どうせ自分本位に投げんだったらせめて堂々としてればいいじゃん、って、こころん中はため息が充満して、防具にくるまれたぼくは窒息した。

お互いの意思が通じ合わないまんま、とうとう振りおろされた春の左手から白球が離れた。たぶん綺麗《きれい》であろうシュート回転の直球がぐんと空を切ってのびやかにホームへ迫る。あーあ、やっぱし逆球じゃん。

小学生にしては恵まれた体格から繰り出される四番の一閃《いっせん》が球の下半分をかすめ、瞬間に響くファールチップの乾いた金属音が鼓膜をふるわせた。音を合図に球の勢いはいっそう増しちゃって、ぼくはうわずったその軌道を見失う。見失ったたって気づいた時にはもう目の前に迫った白い円形のシルエットが視界をほとんど埋めちゃってて、高速でまわるゴムのフェイクな縫い目越し、なんとなく春と目があった気がした。

すぐに強い衝撃がメットをつらぬいて、おでこへ届く。脳ミソがぶりんって揺すぶられ、髄液が波打った。つま先に置いてた重心は慣性に連れてかれ、体が宙でのけぞり無重力んなる。時間の流れがゆるやかにまのびしていき、ふわっと背中が地面にくっつく感覚。続けて後頭部が、ぐぎん、って着地。冷たい電気信号がつむじから背中に向かって走り、視界はまっしろい。頭ん中に細胞よりちっちゃなジョエル・ロスが登場して、ドレッドを振り乱しながらビブラホンを爆音で鳴り響かせる。すぐに音量はピークを振り切っちゃったらしく、なんも聞こえなくなる。彼も消える。ほんのり感じてた砂ぼこりと石灰の風味はどっか彼方《かなた》へ吹き飛び、ベロを噛《か》んじゃったのか、鉄の味だけがする。まとった防具の内側で滲《にじ》んでいた汗は密度が高まって急速に凍りつき、アウトカウントもイニング数も概念ごと意識から消え、自分が誰なのかもおぼつかなくなる。落ちる直前に、チップをキャッチして揚々と返球する並行世界のぼくと目が合った。そんで時間の連続性は断ち切られ、エントロピーが急減少。たどり着いたのは音も色も、光も闇もない素粒子の世界こんちわ。ここは母宇宙なのか娘宇宙なのか。あるいはバルク。どっちゃ無。からのインフレイション。そしてビッグバン。

さくら

まぁ、そんなこんなで宇宙はきゅん、とか、ぴえんだとか音をたてながら百三十八億年くらいずうっと無茶な成長期で、だから未成年特有のホルモンバランスの乱れとかで生まれるニキビみたいな銀河もそりゃもうカオスな規模でぽっこぽこ吹き出しちゃって、しかもそのそれぞれが何千億もの雑菌みたいな恒星を抱えているわけで、例にもれずなんやかんやの果てに五十億年くらい前に天の川銀河で太陽が生まれ、その近所にいた分子たちが恒星のエネルギーにほだされ、四十六億年くらい前にそろそろ私らも子供迎えよっか、ってバイブスでくっつき合って産まれた三男坊の体内には、八億年くらい前からヌクレオチドの二重螺旋《らせん》すべり台をするんってすべった寄生虫がそこら中にわき始め、その虫は五百万年くらい前から生態系を破壊しながらふらふら歩きだし、この数万年でどうやら嘘《うそ》をついて話を盛ったり命をかけて命を奪う争いがおもしろいって気づいたっぽく、お互い裏切られたくないからたくさんの殺し合いの果てに世界大戦を二回くらいして、自然環境は目まぐるしく汚される代わりに経済と文明は超発展わお、月まで届く科学力で神はいないってのはわかったんだけど、それでもお父さんの心電図はフラットんなっちゃって、わけのわからんウイルスがバズったりしずまったりまた実はくすぶってたりしてくうち、交雑中に諸々をあきらめたホッキョクグマのあくびの裏で、郊外の都立高校北棟三階の避難扉が、そのスチール製の見た目よりも案外重たくって、なかなか開かないから僕の腕をがんばらせ、筋繊維に血液が巡って代謝があがり、そのせいでひと粒の汗なのか涙なのかが重力で廊下のリノリウムへしたたたった。

昨日はにんにく食べ過ぎちゃったし、嗚咽《おえつ》がちょびっと臭うかもだけど、どうせみんなマスクのまんま大人んなるから関係ない。避難扉には〈常時は立ち入り禁止〉とカッティングシートが貼られている。ジョージ？　あぁ、はいはい、僕もジェントリー・ウィープス。

裏で何かを引きずる音をたててようやく生まれた扉の隙間から体を外へすべり通す。お腹がこすれてシャツが汚れた。扉の重さから、おっきな音で周囲をふるわせて閉まんの期待したのに、閉まる寸前で、ふわってなる仕組みの蝶番《ちょうつがい》がラッチの戻る音をささやかにやわらげた。扉の裏には開きづらくするためなのか、それぞれにいくつもラバーウェイトを填《は》められた赤いコーンが三つも憎らしく置かれている。ウェイトのひとつを持ちあげてみると二、三キロはあるっぽくて、ムキムキのフィジカル巧者が薄着で輪投げをする姿が思い浮かんだ。扉のひらいたぶんだけずれて斜めに惑星直列したコーンの、その褪色《たいしょく》した赤を見つめてたら白茶けた炎が揺らぎはじめ、本当の有事に避難しそびれた教師とか生徒の死体の山がめらめらの中に積みあがってった。みんな黒コゲで、ぷしゅうとか煙あげるもんだから思わずえくぼに水がたまっちゃう。

手すりへ近づくと、冷たい風が濡《ぬ》れたほっぺに沁《し》みた。三階にいる僕の目線まで花びらが吹きあげられている。あたらしい季節に浮き足立つ人はみんな桜が好き。散ると悲しむ。だから環境にやさしくない人類への復讐《ふくしゅう》として、遠い地球の裏側にあるキャベツ畑のモンシロ蝶は憎しみを込めて羽ばたき、気流を立ちあげると、その因果は海を越えながら威力を増してって、気象を操りながら校舎裏のソメイヨシノをハゲさし、路肩が汚れる。んで、みんな悲しむ。足元にも薄桃色だとかベビーピンクだかが吹き溜まってて、並んだ上履きの青いラバーんとこが際立っている。ソールが踊り場の縞鋼板をなぞるたんび、凸凹の振動が腰までひびいた。みんな桜が好き。みんな桜が好き。みんな桜が好き。だから僕の足は働く。つま先をずらすと花びらの水分が床にのびている。口元が、またほんのちょびっとだけほころんだっぽい。そのそばへまた僕のしずくが垂れてって、おんなじように床の色を濃くした。かてえ、と噂《うわさ》のマントルやコアをへだてて、南半球の蝶とバイブスがかよいあう。触角と深爪がハイタッチ。

ばふんばふん、って音に顔をあげたら、通りを挟んだ向かいのベランダにいるヨボったおばちゃんが布団を叩いてて、負の引力に身をあずけてた僕は沈み切って底にタッチする前に、がさつなその音に追い払われて我に返った。深呼吸して、袖で顔を拭う。

よし、って朝ドラのヒロインみたいな健気《けなげ》さを声に出し、コーンを足でかきわけてドアノブへ手をかける。手をかけたのにノブはまったく動かない。シリンダーには鍵穴が空いてなくて、円錐《えんすい》台の平面はのっぺらぼう。銀色のピノみたい。はぁ？　ノブに手をかける。何度もガチャつかせるけど、ちっとも動かない。風がワイシャツを揺らし、ダウニーが香る。血液が頭に集まって、耳に、ほっぺたに熱が通うのを感じる。歯を食いしばると顎がパキって鳴った。あきらめずにまたノブに手をかける。動かない。頭を掻《か》く。手をかける。動かない。あうち。かける動かない、まいった。もう情報はいらない。また目をつむる。鼓動が倍テンで血を巡らすのを感じる。はい、僕はニキビ。宇宙のニキビ。その芯の膿《うみ》です。どんてす。

階下で盛大なクラクションがわめいて、吹きさらしのくせに閉塞したところにひびわれが入った。目をくらませながら、錆《さ》びた欄干《らんかん》のそばへ擦りよって、音の方をのぞきこむ。佐川《さがわ》の軽が止まっていて、その正面にはうちの制服のスカートの下に赤ジャージを穿《は》いた生徒がダルそうに立ち塞がっている。赤は三年の学年カラー。彼女の足元に転がっている青のペニーはまわりの風景の中でひときわ濃い。ウィールのオレンジがボードの寒色へポップに差さっている。

おそらく軽の車内から、なにごとかわめく大人の声がかすかに聞こえてくる。でも、その生徒はつま先でペニーを遊びながら、その場からどく気配をいっさい見せない。威圧するみたいに顎をあげ、見下すように軽と対峙《たいじ》している。左手には手首から人差し指にかけて包帯が巻かれている。再びクラクションが鳴ると彼女はボードのテールを踏み、持ち上がったノーズを怪我《けが》のない方でつかんで反対の脇へ挟んだ。ひとつひとつの動作がわざとらしく緩慢で、いよいよドライバーが大人の本気の激昂《げっこう》を放つ。クラクションまで鳴らされたってのに、彼女はあいさつみたいに自然な動きで右手の中指を立てた。しっかり見届けるつもりの僕は目をこする。運転席のドアが開くと、彼女はするんって助手席側へ逃げ、ペニーを頭上へ振りあげた。

「おいおいおい！」とドライバーの慌てた様子が声にもれ、僕にまで届いてくる。

ボードは振りおろされず、ただのフリだった。彼女は笑いながら軽の進行方向とは反対に向かってペニーを転がすと、「ばーか」って言いながらその後を小走りで追って流れるようにボードへ飛び移り、地面を蹴って勢いをつけ、そのまま逃げ去っていった。

降りてきたドライバーは助手席側のミラーやドアをさすり、車内へ戻る。ベランダから通りの様子をうかがっていた布団のおばちゃんが〈今の見た？〉と言いた気なジェスチャーを僕へ投げてくるから下手くそなほほえみを返す。ほっぺの動きのぎこちなさでようやく自分がこわばってたってことがわかった。

軽が去ると風の音が優勢んなる。ポッケからスマホを取り出すとクラスLINEで僕宛てのメンションが二件、インスタのＤＭが一件届いてて、うっかり開いて既読を付けないよう、指でそっと慎重に液晶へ線を引く。四限が終わるまであと二十分くらいか。あきらめつつ動かないドアノブに触れてみる。金属の冷たさが手にひんやり。こいつの頑固さのおかげでシャツや髪がなびくたんびに鳥肌が立った。かといって、わざわざ昇降口から教室へ戻ったって、戸を開いたとたん、いっせいに振り向いちゃうたくさんの頭を想像したら重いため息が足元にたまる。体育座りんなり、両膝のあいだへ頭を落とす。

破れて黒く変色した花びらが香ってくる。その上にまた新しい花びらがひらり、って積もる。右のつま先をかぶせ、一気に引く。花びらは溝に助けられ無傷だった。また、ため息がもれる。空でもながめよう、って両手を枕にうしろへ倒れる。なのにひさしのせいで雲ひとつ見えない。ひさしの下の蜘蛛《くも》の巣にひっかかっていた蝶が羽ばたいて逃げていった。蜘蛛が腹ペコにならなければいいな、って思った。それと、蜘蛛が顔に落っこちてこないといいなとも思った。

＊

まどろみん中で、がっしゃん、って、鉄と鉄のぶつかる音がした。肩甲骨やお尻に食い込んでる縞鋼板の突起がつらくなってきて、眠気もどっか消えている。起きあがろうと手をつくと、ささくれたペンキの塗装がパキパキって割れ、卵の殻みたいなかけらが手のひらへひっついてきた。

また鉄と鉄のぶつかる音。階下でさっきのペニーの生徒が通りから裏門を開こうとしている。彼女は南京の施錠を確認して、地面と門の隙間からペニーを通してやり、足をかんぬきへかけて門をよじのぼり始めた。彼女の身さばきからは、門は本来ああやってよじのぼって越えるために作られたんじゃないかって説得力と、鍵とか関係ない野蛮な生命力があふれている。ふわっとスカートを膨らませながら着地してペニーを拾う彼女と視線がごちんとぶつかり合う。思わず目を逸《そ》らす。僕が見おろしてんのに、なんか見おろされているみたいな錯覚を抱いた。

ずざー、ずざざー、って砂利がウィールにつぶされて弾ける音と、たん、って彼女が地面を蹴る音とがグルーヴして僕の耳へ届いてくる。彼女はスピードに乗って、勢いがついたころには校舎の角へ消えていた。ペニーの走行音はとっくにうすくなってて、国道のけたたましさと僕と、開かない避難扉だけが残される。あと、空腹感。それにつぶれた桜とまぬけな蜘蛛。

半歩下がり、太ももをあげながら勢いを溜め、「ティープ」って唱えながら扉を思い切り蹴る。足の裏が扉へ触れたその瞬間、まじかよってタイミングでちょうど響いたチャイムに驚きながら、蹴った反動で体がのけぞった。思わず右足を見つめてしまう。四限が終わった。チャイムは教室や廊下で聞くときよりか、ずっと音がおっきい。たぶんスピーカーが屋上とかどっかそばにある。ずしん、って圧が映画館みたいな迫力で鼓膜と身体をふるわしてて、そのへんを見渡して音の出どころを探したけど、見当たんない。近くの教室の引き戸が乱暴に開き、その枠を打ち鳴らした。机や椅子の脚が床をひっかいたり、にぎやかな駆け足がチャイムの残響をかき消していく。かけまわるはしゃぎ声が重なり合った。そのどれもが鉄の扉を隔てているから、ひとことも意味ある言葉として認識できないし耳をくっつけてみたら音はくぐもり、洞窟で怪物たちがうごめきはじめる。耳とほっぺがひんやり冷たい。お腹は減ったけど、別に中へ戻るほどの減り具合じゃないし、って言い聞かせる。五限までここにいても大丈夫。なにがだよ。大丈夫。言い聞かせる。イヤホンを挿すと騒がしさは遠のいてって、いたいのとんでけの呪文が耳の穴ん中で反響する。僕自身が洞窟んなった。

教室の戸を開くと二人しか生徒がいなくてビビる。予鈴を合図に戻ったからまだ昼休みのはずなのに、そういえばここまで誰ともすれ違わなかったっけ。

教卓を背もたれにし、机の天板を椅子にしてスマホをいじっている子は、黒とインナー緑の髪がかぶったフードからはみ出してて、手足は細長く、肌が不健康に白い。そのとなりの席で、ゆるいパーマの黒髪をうしろにまとめたふっくら女子が、座席の背もたれを肘掛けにして、スマホを手鏡に、健康的に日焼けしたおでこのベイビーヘアをもう片手でスタイリングしている。入ってきた僕を気にする素振りはなく、イヤホンを外してみたら、フードの子のスマホから大音量で音楽が流れてて、TikTokでも見てんのか短いスパンで目まぐるしく何度も曲が切り替わっていく。

「あのお、五限て移動教室でしたっけ」

声は音楽にかき消され見向きもされなかった。片方がスマホを差し出し、片方が産毛いじりを止めて液晶をのぞき込む。「こいつ歴史黒くね」「がちいかちい。うちなら死ぬまである」そう会話して、またお互いの作業に戻った。まじまじ見てると二人ともまったく知らない顔だから教室を間違えたのかと思った。けど、うしろの机には僕のリュックが掛かってるし、彼女たちのだるんとしたソックスの先の上履きには緑のラバーが見えてほっとする。一年じゃん。他の机にはほとんど荷物が掛かってない。下の学年の二人に無視されたことを取り繕うため、わざとらしく「あ、そうだ、今日午前だけか」って、普段からおっきなひとりごとをつぶやく人として振る舞い、リュックを取って教室を出た。

　並んだ教室の、黒板側の引き戸に見覚えのある青いペニーが、オレンジのウィールをこっちへ向けて立てかけてある。閉じた戸の磨りガラスへ顔を近づけると、デザインのツルっとした部分だけ曇ってなくてほんのり中が見えた。滲んでぼやけた教卓の上に人影があるようなないような。そしてガラスは真っ暗んなり、勢いよく戸が開く。とたんに視界がエグめのフェードのバズカットでいっぱいんなり、僕は情けない声をもらしながら尻もちをついてしまう。パンツのポッケから自転車の鍵がこぼれ、小銭を落としたような音が廊下に鳴る。

「なに?」彼はペニーのノーズをつかみながら僕を見ている。「なんか用?」

　なんか言おうと口ごもりつつ、彼の向こうをのぞこうとしたら後ろ手に戸が閉められた。彼の上履きのラバーは赤い。彼の目線も僕の上履きの色を確認しているっぽい。

「あ、忘れもん?」彼は教室の中を示すように横顔を向ける。うなじはもうほとんど地肌だ。眉尻に吹き出物があって、僕は返事のかわりみたいにブルっと首を振る。

「こんクラス？」って問いに答えずにいたら彼は廊下を見回し、顔をちかづけてきた。襟のあいだから金色の喜平がのぞいている。吹き出物じゃなくて眉ピだった。ささやき声で、「予約の人？」って言いながら中腰んなる。

「二年しょ？　一個二千でいいよって」

「え、カツアゲ？」

「はぁ？　タダなわけねぇじゃんって話」みるみる彼の顔色に億劫《おっくう》さが滲み始めた。

「え、なに。いや金ないすよ、なに」

「なんなん。フォグってんの？　もしかなんかもう食ってる？」コワモテに釣り合った苛立《いらだ》ちの声。

「お昼はまだすけど」

彼の舌打ちのうしろで戸が開く。やっぱ赤いジャージを穿いた女子生徒が中から出てきた。左手の人差し指に包帯が巻かれてて、上履きじゃなくて来賓用のスリッパを履いている。となりの彼よりもずっと背が高い。彼女はマスク越しに「もう帰る」と低く掠れた声を出す。包帯の巻かれてない方の手につままれた千円札の束が分厚い。

「ねぇ、こいつの予約は？」って彼は言いながら、彼女へ振り返る。

「ここのぶん？　ハケた」

「じゃさ、」彼は鼻で笑いながら続ける。「このわがままボデー君はなに、なんなん？　ただのデブ？」

彼女は返事をせずに顎をあげ、表情なく僕を見おろしている。廊下に突いた両手がリノリウムのひんやりな温度を感じている。床とおんなじように体温のない彼女の視線に、なんとなく懐かしさを抱いた。記憶をたぐるように目を細め、彼女の目元やマスクからはみ出した小鼻を見つめてみた。僕の凝視に気づいた彼女がマスクを目元までずりあげ、眉根にシワを寄せる。ジャージの名入れ刺繡《ししゅう》を目で探すけど、スカートに隠れて見つけらんない。

彼女は、「こん次、駅だから」ってぼそりと言い、千円の束を彼に押し付ける。彼が受け取ると、ペニーをふんだくって廊下へ放つ。ペニーの落下音にビクついてたら、彼女はしゃがみ込み、僕に怪我のない方の手を差し出してきた。立たせてくれんのかと思い、僕も手をのばして摑《つか》もうとする。

「ちがう」ぱしん、って手は払われる。「今日は予約いいから、先に金」

困惑して口ごもっていたら、「あ、もういいや」と彼女は腕をおろした。

彼女はため息を吐きながら立ち上がり、彼に向かって、「先に門の前つけといて」と言い、ペニーへ飛び乗る直前にまた僕を見た。彼女は僕の教室まですべっていき、降りずにそのまま中へ入っていった。

彼女が去ると、「ジャージ返せや」ってつぶやいて舌打ちした彼は、僕の肩へ手をポンと添え、落ちていた鍵をつまんで僕のお腹へ落とし、彼女と反対の方へ歩いていった。しばらくそのままじっとしてると僕の教室からもれた、落ち着きのないメロディがかすかな揺れ方で廊下にただよってきた。

突然、ブレーキをかけてないのにチャリが進まなくなる。慣性で前へつんのめる。振り返ると、息を切らした野球部員が荷台をつかみながら、「LINE見た？」と息をはずませて、キャップを浮かし、ぴちったアンダーシャツの袖で額を拭っている。

「え、ごめん」あわててクラスLINEを開く。〈@モモ　いま保健室?〉〈@モモ　委員決めで相談あるから落ち着いたら教えてちょん!〉の二件。登録名はヤマモチョ。

「お腹平気なの？」と山本《やまもと》くんは両膝に手をついて肩を上下させている。

「お腹？」振り返る首が疲れたのでスタンドをかけながら、「平気だけど」って返す。

「ならよかった」運動部は呼吸の戻りが早いっぽい。

山本くんが青筋を立て、一歩踏み出して距離をちぢめる。汗のにおいとか嗅ぎたくないし、僕は一歩さがる。無意識に顔をしかめちゃったのが火に油だったのか、また山本くんが近づいてくる。右手が振りあげられ、僕の顎を拳の一閃がとらえる。脳の揺れに耐えてたら「ねぇ、聞いてる?」と目の前に生徒手帳が差し出されていた。

いつ撮ったかもおぼろげな僕の証明写真が貼られている。受け取って声の方へ顔をあげる。

山本くんは右の二の腕を左腕で抱え、筋をのばしだした。

「俺さっき、君が保健室行ったあと学級委員なったの。みんなに渡せって」

「へえー、おめでと。すごいじゃん」

「ありがと」今度は反対の筋をのばし始める。「で、桃瀬《ももせ》は部活やってたっけ?」

自分よりも頭ひとつぶん高いところで目が合い、「帰宅部だけども」って告げる。

「進学補習とってる? もしくは予備校とか」

「とってない。帰宅部のエース」

「うぇい。バイトとかは?」

「クビんなった」

「あら、じゃあ割と時間ある感じ?」

良くない流れだなって感じて、「えー、なんで」が思ってたよりダルそうに口からもれ出た。

「風紀委員さあ、誰もやりたがらなくって。部活はだいたい代替わりで忙しいっしょ、帰宅部の理数組は推薦狙ってないし、文系バイトばっか。川田《かわた》がさ、桃瀬保健室でいないしやらせよって言うんだけど、桐谷《きりたに》が他薦？　は無しだって」

「んー、風紀委員っていったいなに。初めて聞いた」

「集会で列を綺麗にしたりとか、少し早く来て教頭と一緒に校門であいさつとか、あと駐輪場整理したりとか」僕の腰の辺りを指差し「あとシャツ出しとか服装の取り締まりだな」

半分だけ飛び出していたシャツの身頃をしまい、「向いてないよ」って返す。「さっきだってほんとは保健室行ってなかったし」

「まじかよ。でも女子は武田《たけだ》さんだし、仕事は適当でいいから頼むって」

山本くんが顔の前で両手を合わせている。その指先はマメの跡で皮が黒ずみ、ごつごつしている。「断ったら怒る？」と尋ねたら彼の両手がおろされた。

「強制じゃないよ。無理なら明日また決め直すだけだし」

なら早く引きさがれやい、って返事をしないでいたら、しーんとした間が生まれちゃって、いつのまにか野球部の喧騒《けんそう》が静かになったことに気づいた。ダイヤに散らばっていた三年生は一塁側へ集まって、水筒を飲んだり汗を拭いたりしている。三塁側でタメの白い練習着の部員が円になり、うつ伏せになった緑ジャージの生徒十数人を取り囲んでいる。

「あれってなんの儀式？」と三塁側へ指を差す。

「仮入の一年。プランクを見張ってるの」

「寝てんのかと思った」

「グラウンドで寝るやついないでしょ」

「寝たことないの？」

「あるけど」

「あんじゃん」

「いいってそんなこと」また両手が合わされる。「なぁ、頼めない？」

「指ゴツいね。素振り頑張ってんのえらい」

「頑張ってないよ。もう素振りはいいかなって」

「そっちのがえらいじゃん。学級委員に全集中？」

「関係ない」右手で左手のマメの跡をなでている。「春休みにさ、先輩の試合で一試合ツーホーマーかましたタメいて、最後に握手したら指ぷっにゅぷにゅだった。素振りって意味あんのかなぁ、って」

「甘酸っぱいね」って返すと山本くんの視線は指を離れて、僕を通り過ぎ、背後へと流れた。視線を追ってみたら、校門の外にさっきのバズカットがノーヘルで原付にまたがり、スマホをいじっている。山本くんが、「あれも取り締まりだな」ってつぶやいた。「ノーヘルは危ない？」って尋ねたら、「いや原付が校則違反でしょ」と間髪いれず返ってきた。

竹並木の葉擦れにまぎれ、質の違う何かのこすれる音がおっきくなっていく。近づいてきてんだ、って理解した時には僕の横を、髪をなびかせながらペニーが追い抜いていった。さっきの彼女は地面を蹴り、そのたんびにスピードに乗って遠ざかっていく。原付の前で急停止して、同時にペニーを起きあがらせてつかむと、原付のカゴへ放り投げ、そのまんまの勢いでバズカットのうしろへまたがった。すぐに乾いたエンジン音がけたたましく空気をふるわせ、二人はいなくなる。

「あれも校則違反かな」

「スケボーはいいんじゃない？」

「いや、そうじゃなくて」

「あぁ、まぁ鳴海《なるみ》先輩がコロコロ彼女替えんのは自由でしょ」

原付の二人乗りについて聞いたつもりだった。グラウンドの方で何か号令がかかり、ホームベースの辺りに野球部員たちが集合し始めた。山本くんは、「ま、注意とかしょーみしなくていいからさ、委員会のこと明日までに考えといて」とまた手を合わせながら部員の方へ戻っていく。校門を出ると、排気ガスのツンとした香りが残っていた。

あけぼのゆーまぐれ

　雲が雨をいっぱい溜め込んだぶん、ぶ厚くなって太陽を隠しちゃった。そのおかげで外は明けてんのか暮れてんのかって暗さで、中庭の木や向かいの南棟、それぞれの影はぼんやり溶け、ぜんぶの縁取りがお互いに染み込み合って窓枠の中の景色は遠近感を失っている。窓ガラスでへだてられたこちら側は、HRの前だから生徒が思い思いに立ち歩き、外のどんよりと裏腹に活気づいている。今が夕まぐれでも疑わない程に蛍光灯がこうこうとしちゃってているから、虫みたいにみんな集まっちゃって、放課後なのに教室残って遊んでます、みたいな非日常的なバイブスが満ちちゃってるからもう息が詰まりそうんなる。でもそれぞれの浮かれた表情はマスクに覆われているからあんま真に受けなくて済んだ。リモートに戻って欲しいな、って願ったら、灰色のタンパク質の球体に赤いとげが無数に生えたひと粒のコロナウイルスが教室をただよいだした。大玉スイカくらいのおっきさのそいつにさりげなく一礼する。

　ふいに目の前ではしゃいでいる生徒が僕の机に倒れてきて、おっきな音が響いたそのひときだけ何人かの注目が僕に集まる。倒れた生徒は起きあがり、「ごめん」って謝りながら僕の机を大雑把に戻している。黒板のあたりで談笑している山本くんと目が合い、僕に向かって手を掲げる。返事の代わりに天板の木目を見つめる。ズレた机を元の位置に戻そうと、机の脚を見る。床はうっすらほこりの目立つリノリウムで、目じるしにできそうなマス目がない。小中の床は木のマスが敷かれていたから、それに合わせて机を整頓できたのに、どこが机の所定の位置なのか見当がつかなくて、ただ途方に暮れちゃう。少し先に所在なく佇《たたず》む上履きがあるので顔をあげると、いまさっき倒れてきた生徒がわざとらしく語気を強めて、「ごめん」とまた言ってくる。

「大丈夫、平気。もうあっち行って」

チャイムが鳴り、担任の桐谷が教室へ入ってくる。それを合図に、みんな一斉にそれぞれの席へ戻っていく。倒れた子は戻りながら僕をにらんできた。

山本くんが、「気をつけ、礼」って号令をかける。机の位置の微調整に集中しちゃってて、気がついたら、号令に合わせて生徒たちの頭がひとつ残らず前傾しててビビる。この儀式のいたたまれなさは慣れない。お辞儀をせずにいたからみんなの垂れた頭で目の前の視界が開けちゃって桐谷と目が合うおえ。

「おはよう。ええ、授業中にね、校舎を徘徊《はいかい》する生徒が最近多いらしいので、ね、一年生の見本にもならなければならないってこともあり、ええ皆さん気をつけるように、とね、まあ大丈夫と思うけど、ね、主任のね、中村《なかむら》先生が指導するようにって、ね、でそれから……、」

桐谷のダラダラとした話し方や湿った声質は不愉快で耳ざわりだし、しかもたまに目が合うのが絶妙にキモい。みんな自然と意識が外の景色へ向かう。

窓ガラスに透明な筋がポツポツと入っていく。そのまばらな筋を目で追ってくけど、すぐに本降りんなって、僕の動体視力じゃ追いつかなくなる。革の破れ目からたっぷり雨水を吸い込んだ駐輪場のサドルを想像して、ため息で肩が落ちる。すると、その肩を突かれる。突いた相手が黒板に向かって指を指している。桐谷が僕を見ていた。

「やっと気づいたね」桐谷の大げさに胸をなでおろす仕草に、思わず舌打ちの風圧で不織布が破れちゃう。

「ごめんてば、こわい目はやめよって、ね。大事な連絡な時もあるんだから。で、お腹の調子はどうなの」

「別に、普通」視野の端で、何人かのぼやけた頭が僕へ振り向くのがわかった。

「保健室ではなんて言われたの、昨日」

「無理しないように的な」

「的な、ね。なるほど。じゃ無理しないでね。大丈夫と思うけど、保健室行くときも徘徊はダメね。みんなも一年生がウロウロしていたら注意してあげてね。それで桃瀬くん、振替実習、鎌倉の。どの班に入るかもう決めた？」

僕へ振り向く頭が増える。なんて返事をすんのか、どんな顔をしてんのか、って集まる視線は虫眼鏡が絞った日光みたいに僕の顔を焼く。熱を振り払うように首を横に振る。

「そっか。まあ昨日も言ったけどね、決まったら先生に教えてね。メールでもいいし。みんなも別に人数シビアじゃないんだから気にせず入れてあげてね」

何人かの頭が黒板の方へ戻っていく。

「それとさ、昨日、班決めのあと委員決めしたんだけど、したんだよね、保健室行った後さ。で風紀委員と修学旅行実行委員が決まらなかったんだよね、って話は誰かから聞いてる？」

浴びる注目を早く逸らしたい意識のせいで、「知らないです」の返答が自分で驚いちゃうくらいの早口んなっちゃって、逆に熱が耳までひろがっていく。

「そっか。一応ね、また五限の時に続きするから、その時でもいいんだけど、もしどっちかやるなら今選んじゃってもいいよ。あ、他のみんなもね。桃瀬くんどうする、やる？」

しつこく残る視線のいくつかの中に山本くんがいることに気づいて目を伏せる。伏せる勢いのまま下を向く。「やらないです」の声がかすれて、しかもふるえた。

「全然オッケー、急に聞いちゃったもんね。他の人もいい？　委員会決まった人以外は一応考えといてよ。五限の時にまた決めるから。じゃ今日も頑張りましょう。礼省略ね」

桐谷が教室を出ていくと、その条件反射のように生徒はにぎわう。

外は依然雨。カッパあるっけ、と机にかけたリュックの、ペットボトル用のポッケへ手をつっこめば指先に丸まったポリエステルが触れ、ひんやりした音にならないクシャの感じに安心する。ゆっくりひと呼吸つけてからリュックをつかんで教室を出る。

雨音が廊下中に響いている。

二階の踊り場で、人がいないのを確認しつつリュックからカッパを取り出す。コンパクトに畳まれたカッパは広げるとバリバリ音を立てた。んで、ほんのりカビ臭い。もしカッパを持ってき忘れてても、あのまま教室に残ったりとかはないんだろうけど、にしてもびしょ濡れで自転車を漕《こ》ぐエモい自分を想像したらあまりにナルくって自然と身震いしちゃう。

それでもやっぱカビ臭い。けど雨だけじゃなくって、自己陶酔からも僕を守ってくれるカッパを、息を止め、制服の上から着る。ボタンをポチポチ閉じてると、一階の昇降口の方から派手な笑い声とはしゃいだ悲鳴が交互に近づいてくるから急いでフードを深くかぶった。

階段を下った先の角から、ベイビーヘアの日焼け女子が向かい風に耐えるような姿勢で一歩ずつ、ゆっくり踏みしめながら現れる。すごい笑ってる。昨日教室にいた一年だ。肩からさげた紫のワッペの、グレーの持ち手にはオーロラ傘の水色の持ち手がひっかかっている。その傘の先っちょをつかんで、黒とインナー緑の髪を三つ編みツインにした女子が牽引《けんいん》されてくる。すごい叫んでる。バランスを取るようにフラついているから足元を見ると、揃《そろ》えた両足が青いペニーに乗っかっていて、ぐらつくたんびに悲鳴があがる。悲鳴と連動するみたいに牽引の子の笑い声が弾ける。

二人が反対の角へ見切れるすんで、バランスを崩した拍子に三つ編みツインの子が僕を見あげてしまい、一瞬の間をあけて、ガチな時のちっさい叫び声をあげた。

「ちょ待って、グミ氏！　殺人鬼！」と産毛の子――グミ氏――を呼び止める。

グミ氏が壁から顔を出し、僕を見るなり笑い声を破裂させ、そのまま一人で先にいく。残された子がまだ不安気に僕を見ているので軽く会釈をすると、向こうもペニーを拾いながら、恐る恐るの目線を残したままに頭を垂らし、グミ氏を小走りで追っていった。

「ふざけんなよ」って怒気の滲んだ男の声が昇降口中に反響してて、思わず足が止まる。

「おめーの気まぐれでさ、こっちの予定が狂うって話」

姿は見えない。でも顔も耳も赤くしているってのは声色でわかる。鉢合わせないよう、自分の靴箱の前に誰もいないことをのぞき込んで確認し、収納の扉へ近づく。手をかけようとしたら、スチール製のその扉を力いっぱい閉めたみたいな破裂音が、靴箱の棚を挟んだ反対側から響いてきてひっくり返りそうんなる。

「聞いてんのかよ、余ってるにしくんだけなんてしょっぱすぎだから」

おんなじ声がまだ怒ってて、勝手に電話なのかと思ってたけど、低い女の声が「聞いてない」と気怠《けだる》げに返事をした。その抑揚のない声色は男を煽《あお》っているようにも、本当に聞いてないって感じにもとれる。けど、やっぱ男を逆撫《さかな》でしたっぽく、また乱暴な破裂音が僕の鼓膜をふるわした。

足音がしないように上履きを脱いで、慎重にとなりの靴箱の列をのぞき込む。すぐ目の前に青々と刈りあげたぼんのくぼがあって、興奮で太い筋が浮いてんのがわかる。首には太い喜平が巻かれているっぽく、ワイシャツの襟越しに金色が透けていた。仁王立ちした鳴海先輩のつま先はとても早く上下して床をたたく。その向こうで赤ジャージを穿いた女子生徒が靴箱へ寄りかかってスマホをいじっている。

鳴海先輩は力無く「お前さ、舐《な》めてんだろ」と言い、わざとらしく天井を仰いで眉間をつまんだ。

「勘違いやばいんだけど」彼女はスマホをイジりながら淡々と続けていく。「頭使ってんのこっちだし。君は頭さげて、一家《いっか》から逃げてきただけじゃん。がたがた言うならさ、自分でネタ仕込みなって。そしたらやりたいようにできるんだし。無理なら逆らわないで。つかさ、嫌なら一家戻ればいいじゃん。文句言わせないから」

言うに窮したのか鳴海先輩は舌打ちをしたきり黙っている。

「この奴らってまじばかばっか」彼女の視線がスマホから外の雨へ流れる。「まじめにキッズ相手してたらそのうち誰かめくられるよ」

「そんなの流石《さすが》に俺も選んで押してるって」

「君の言うことよりも自分の勘の方が大事なの」

「勘って。お前のは勘ぐりだろ」

「もういいって」と、かざした手の人差し指には包帯が巻かれている。「人来た」

背後から近づいてきた足音が止まり、「良かった間に合った！」っておっきな声がする。

振り返ると山本くんがまっすぐこっちを見てて、僕は急いで口の前に人差し指を立てた。けど山本くんは気にせず「ごめん、昨日委員会のことだけ話して、班決めのこと完全に伝え忘れてたわ！」と両手を合わせている。

まわり込んできた鳴海先輩が山本くんと僕を確認し、あたりを見回した。

山本くんは鳴海先輩へ会釈をしてすぐに「もしまだ班決めてないならさ、うちの班どうよ？」と僕へ向き直る。

「もう六人だけど、桐谷、人数シビアじゃないって言ってたし！」

鳴海先輩は僕をにらみながら「ずっといたん？」って凄んでくる。

「ほっとけって」女子生徒が鳴海先輩の肩を押して連れて行こうとする。山本くんが彼女にも会釈をした。

「後藤《ごとう》も同じ班なんだよ、クラス一緒だったっしょ？」

鳴海先輩が山本くんを殴ろうとしたのか、拳を振りかぶるけど、彼女に止められる。それが気に食わなかったのか舌打ちした彼は振り返り、「つかジャージ返せって」とがなった。無視した彼女は昨日とは違ってマスクをつけていない。一瞬だけ目が合い、ドックン、っておっきく脈打つから、自分の心臓がどんな形をしてんのかわかった気がした。足元を見る。今日は緑の上履きだ。昨日感じた懐かしさはやっぱ正しかったっぽい。

「やっぱ春じゃん」フードを脱いでみせる。「超背のびてるから昨日半信半疑だった」

「はぁ？」と鳴海先輩が春をのぞき込むが、彼女は反応せずに行ってしまう。離れて行く彼女を鳴海先輩が追いかけていく。

「ねぇ」背中へ呼びかける。「寄せ書きのボール」

歩きながら振り返った春が僕をにらんだ。

「書き忘れたでしょ」

春の眉根が弛緩《しかん》し、表情が消える。

「ねぇ、監督元気？　しーちゃんはまだコーチやってる？」

春は包帯の巻かれた人差し指を天井に向け突き出し、そのとなりの指を立てると角に消えていった。雨樋《あまどい》が水を吐き出す音で昇降口は満たされている。

「鳴海先輩の彼女と知り合い？　ピースしてたけど」

返事をせずに靴箱からローファーを取り出したたきへ放る。その音が響き、左右とも不揃いに転がった。

「鎌倉さ、一緒の班で行こうよ。で、風紀委員もやるってのはどう？　良い案じゃね」

「班って……」ローファーをうまくつっかけらんなくて、言葉が続かずにため息がもれる。

「いいや。鎌倉はパス。で風紀委員は君が学級委員と掛け持ちしなよ。株も内申もあがるって。えらいね。すごい。じゃっ」

フードを被り直して昇降口を出る。ひさしを越えると大粒の雫がぼたぼたとポリエステルに垂れてきた。自転車に乗って校門を出る頃にはカッパに守られていない顔とか手とかローファーん中はぐっしょり濡れて、ぜんぶが濡れるより冷たかった。

耳元で、野球やろう、ってささやかれた。その息遣いで顔の産毛がなびいてこすれる。生々しい感触に、うつつへひっぱり戻された。制服のまんまだったし、ベルトの硬さが腰に痛い。まだ覚めきらなくてモヤる頭をちょびっと起こす。カーテンの隙間からもれる西陽に照らされたほこりがちらちら踊ってて、そのスポットライトは勉強机の上にある飲みかけのペットボトルを突き抜けると、輪郭をぼやかして分散している。少し残ったペットボトルの中身には膜みたいな何かが浮いてて、いつ配付されたかもおぼつかない白茶けたプリントへ落ちた半透明の影もふわふわと透けている。

しばらく電源を入れてないライトスタンドの笠を台座みたいにして、卒団式でもらった寄せ書き入りの軟式球にはうっすらほこりが積もっている。もう晴れたっぽい空の、よく燃えてんのが球の反射する橙《だいだい》の濃さでわかる。とっとと陽が暮れて夜が深まってくれてれば、〈これからも頑張ってね〉だとか〈卒団しても仲間だよ〉なんてペラい文字を不意に目にいれずに済んだのに。

上体をひねり、手をのばす。指先でカーテンをつまんで一気に引っ張る。レールをすべるフックと一緒に、ほんのりオレンジがかった部屋の色相も動き、シャッ、と音を立てて深海まで潜った。これで暗さは目を閉じても開けてもあんまし変わんない。

さっきのはお父さんの誘い文句だ。

休みの日しか乗らないお父さんの自転車のカゴには、おもちゃのグローブやサッカーボール、バドミントンのセットとかが詰めっぱなしだった。どれを遊ぶにも、野球やろう、って誘ってくるから、ちっちゃい頃はカゴの中の道具全部が野球なんだと思っていた。僕の野球にはバットも敵チームも必要なかった。

時間を見ようとポッケからスマホを取り出す。ついでに充電しようとケーブルを手探りする。見当たらないのでベッドから足をおろすと落ち葉を踏んづけたような感触がした。足の裏を持ちあげてスナック菓子のかけらを払う。手を汚した油分を壁にこすり付けながら照明のスイッチを押す。リモコンと壁の片切りのオンオフが入れ替わっちゃってんのかもで、いっこうに明転しない。何度もカチる。ドアを開けて手をのばし、廊下のスイッチを押す。点かない。「はあ?」ってわざとらしく強気に声を出してみたら、引っ越ししたてで荷解《にほど》きする前ん時《とき》みたいにくっきし声が壁に跳ね返ってきて、自分のなのに驚いちゃった。

スマホのライトをかざしながらリビングへ入る。テレビのスタンバイの印も、Wi-Fiルーターの点滅も、延長コードの豆球も死んでるし、自分の家なのに廃墟《はいきょ》で肝試ししてるみたいでどっかこころ細い。冷蔵庫のだんまりが不安で、なんとなく一番下の引き出しを開けてみたら内引き出しがひっついてきちゃって、慣性で製氷器の表面が波を打つ。足の甲が飛沫《しぶき》で濡れた。

急いで玄関へ駆ける。ブレーカーへ手をのばしても指が届かない。近くのビニ傘をひっつかんで、先っちょで一番端の親分みたいなつまみを落としてからあげる。あげてもまだ暗いまま。横で二列に並んだ子分みたいなつまみもついでに落としてからまたあげる。でも暗い。

部屋へ戻り、壁のスイッチをカチる。暗い。机のスタンドをカチる。暗い。カーテンを左右にすべらせる。

　陽はほとんど沈みきってて、夜んなるちょっと前だけただよう、ほんのり水色にくすんだ成分が部屋を満たした。

　ふと届いた外の子供の甲高い声がタイミング悪く癪《しゃく》にさわって、気づいたら文字とほこりで汚れた球をつかんでいた。たかぶった勢いのままに腕を振る。球が離れた指先は振り抜いた速度をそのままゆるめずに椅子の背もたれにぶつかった。痛みの信号が脳にぐさり、思わず右手を抱えてしゃがみ込む。球が収納の折り戸に跳ね返り、その衝突音が部屋に響く。響いたと思った途端、殴られたような鈍痛が右の脇腹をとらえ、呼吸ができなくなり、声にならないうめきが口をついた。身をよじってうずくまる。そのそばに球が転がる。脱ぎっぱなしの濡れた靴下が臭ってきた。あわただしく廊下を走る足音が扉の前で止まる。

「ちょっともう。外鍵かけなさいって。あー、もー、泥棒かと思った」

　薄目で声の方へ向くと、スマホのライトを片手にスーツ姿のお母さんが立ってて、「今の音なによ?」って尋ねながらライトで僕を照らした。まぶしい。床に這《は》う僕を見て、「あれ、どした、腹痛いん?」って心配されるけど、うめきでしか返事できない。

「もー、大丈夫かよ」とそばへ来て背中をさすってくる。

「あ、電気ごめんねー、出る時止まっちゃって。ほんっと出るギリだったの。今払っちゃうから」

背中から手が離れ、お母さんはカバンから払込書を取り出すとスマホを操作し始めた。時刻を見たらしく「あれちょっと、翠《みどり》、バイトは？」って尋ねる横で、スマホから電子決済のメロディがちろりんって鳴る。

「あ、ごはんどうする？　いないと思ったから用意してないけど、チンの炒飯《チャーハン》でい？」

呼吸が戻らず、絶え絶えながら、なんとかうなずき、息を整える。

「帰ってきて、寝てて、でさっき、起きた。バイト、休みで、椅子にぶつかた」

「えー、ちょっと本当に平気なん？　辛そうだけど。暗くてぶつけちゃったならごめんて。かわいそ。もうすぐ点くはずだから」

ゆっくり立ち上がる。鼓動に合わせて軽い吐き気がお腹から持ちあがってきた。

「あシフト変わったの？　これからもこの時間？」今度は肩と言わず腰と言わず、いろんなとこをさすり始めた。

「コロナで休業するって」さする手をつかむ。「ほんと平気だから」

「いつまでよ。落ち着くまで？　補償は？」

「出ないっぽい」

「なによそれ。セコくない？」とため息をつく。

お母さんはライトが点きっぱなしのスマホを片手に、小さいガマロの財布を器用に取り出し、こっちも片手で開き中身を確認してまたおんなじため息を繰り返す。

「あのね、休業のとこ、ごめんなんだけど、お小遣いは前に決めた感じでお願いして平気？食費でやりくりできるよね？　家は明るいほうがいいと思うし、私はその方が推せるやっぱり」

「うん。そのつもり」

言い終わりを待たずに抱きしめられ、脇の痛みがまた顔を出す。

「ごめんね。電気もうすぐだから」

お母さんが部屋を出て行ったのを確認し、スマホを取り出し、返事をしてなかったＳＭＳを開く。未登録のテル番から吹き出し三つ。

〈電話が通じなかったのでこっちにて失礼します。以前話したように、人手は足りてないですが、もうシフトに入らなくて結構です。〉

〈ですがマネージャーと話して来週のシフト分までは給料を出すことに決めました。〉

〈私見ですが、今回は、学生でも社会の一員だという自覚を育む機会と捉えてもらいたいです。ロッカーの荷物は、急ぎでなければ郵送します。取りに来る場合のみ連絡ください。私ごとですが、地に足をつけるのがスタートラインでした。〉

リビングの方から、「きゃっほー」って雄叫《おたけ》びが聞こえてくる。カランコロンと小石の転がるような軽い音がしてスタンドライトが点灯する。足元の軟式球が〈ずっと仲間だよ〉を上に向け照らされている。つま先で、ちょこん、と蹴ると一人ぶんほどの何も書かれていない不自然な空白が上になる。

液晶に視線を戻す。

〈偉そうだなお前。スタートライン謎だから。おけ諸々。振り込み遅れんなよ〉

と打ち、返信する。

新聞屋さんのエンジンが聞こえる頃にはもうほとんど覚めちゃってて、でも別になんもしたくないし、時間を溶かすために無理して横んなってるだけって感じで、カーテンの隙間から溢《あふ》れる黄ばんだ色の成分と街灯の混じった光をぼうっとながめてた。暗くておぼろげだった床を埋めるゴミは、そのうちだんだんと朝焼けのピンクにふち取られてった。けど、すぐに朝の光はしらけちゃって、ただ散らかってフローリングを隠しているだけんなった。

　こんな感じの夜更かしが増えたせいか、小学生の頃は平均よりだいぶ高かった身長も中学に入ったくらいからもうほとんどのびてない。気休めに目をつむる。


　いつもの時間に鳴ったアラームの振動で枕元が揺れる。耳ざわりなのに、眠たくもないのに、スマホを操作する気力が湧いてこない。バタバタって慌てた足音が部屋の前へやって来て、「遅刻しちゃうよ」って叫ぶ。返事のかわりに、なんとかのばした腕でスマホへデコピンを食らわし、アラームを消す。起きあがろうとはするけど体が重くてあきらめる。コロナ収まってもリモートがいい。Teams好きだったのに。

「二度寝しても起こせないからね」って声に向かって、情けないうめき声が部屋を這ってく。スヌーズが始まったら起きるか決めよう、って目をつむったとたんに眠気がよみがえって意識がぼやけてく。なんでリモートじゃねえんだよ、やる気出せコロナ。玄関からまたお母さんの声がしたんだけど、そんなの夢かもしんない。おんなじくらいの背だったのに春だけ身長がのびていたのも夢かもしんない。

　スヌーズでまたアラームが鳴ってるけど、それを止めたら起きるか決めなくちゃだしほっとく。決めるのが一番億劫。疲れる。鳴り続けるスマホから逃げるみたいに反対方向へ寝返りをうったら、体と一緒に世界もひっくり返っちゃったのか、気づいたら昇りたてほやほやのはずだった陽はもうかたむいて暮れかけている。

スマホが着信して、液晶に知らないテル番が表示される。途切れるのを待ってスマホを開く。端折《はしょ》った昼のぶんだけ通知とおしっこが溜まっていた。トイレへ入り、便座に腰掛けボイスメールへ電話をかける。『担任の桐谷です。鎌倉の班だけど……』って聞こえた瞬間に電話を切り、膀胱《ぼうこう》を空にするため力む。出し終わっても消えない通知のせいでいまいちすっきりしなくて、既読をつけないようクラスLINEの通知をオフってみる。ダメ押しにクラスLINEのトーク履歴を削除したら桐谷の顔のプロフィール画像がトークの一覧から消え、お母さんの未読LINEが繰りあがってトップにきた。

〈バイト代復活するまでのご飯代、靴箱に置いといた〉

のろのろ玄関へ向かうと、鍵とか電池とか、折り畳み傘や冬の手袋でごった返す靴箱の上に茶封筒が置かれていた。中身を見ると何枚か千円札が入っていて、取り出して数えてるとガチンと施錠が外れ、ドアを開いてお母さんが帰ってきた。

「あら」うしろ手に鍵を閉め、封筒を持った僕の手を見ている。「持ってかなかったの？」

「風邪ひいちゃって」

「えー、コロナやよ」パンプスを脱ぎながら顎で封筒を指している。「あとそれ、ほいほい包んだわけじゃないんだから大事にして」

「ありがと」頭をさげて札を数え直す。千円札十一枚。

「さっきお店の前通ったら普通に明るかったけど」かまちにしゃがみ込んでパンプスの向きを揃えている。「休業じゃないの？　熱は？」

「今治った」

後ろ手に膝を小突かれる。お札を財布へ移してると、「明日はちゃんと行きなさいよ」って洗面所から聞こえてきた。

部屋へ戻ってベッドでスマホをいじってたら時空が歪《ゆが》んで、あっと言う間に夜が明けちゃってて、今日の午前五時半過ぎの朝焼けは紫が混じった淡いオレンジ色でこっから夕方までたぶんつまらない空がだらっと続く。散々ゴロゴロしたせいでしわくちゃんなったシーツを敷き直し、もしアラームで起きれたらガッコー行こう、ってようやく眠りにつく。

昼過ぎに目が覚めて、スマホを見ると充電が切れていた。バッテリーがないんだから、アラームが鳴るわけないし、アラームが鳴らないんだから起きられるわけないんだし、僕は何も悪くない。明日の朝んなってまた参ったり、自分を責めたりしないよう、もう充電をしない、って決めた。決めたら疲れたからまた眠る。

あかめ

不登校んなる、とかぼんやり考えてたくせに、また懲りもせず体が教室の前にいる。遅刻だから授業中の声とか聞こえていいはずなのに、イヤホンを外したら廊下はへんに静まり返ってて、久しぶりの学校だしなんだかこころ細い。

注目されちゃうし、慎重に少しだけ戸をずらして中をのぞいてみる。隙間からかろうじて見える範囲はどこも空席で、移動教室なだけかもしんないけど、そらで記憶を手繰《たぐ》れるほどまだ時間割も馴染《なじ》んでないし、このまま帰る方がいいのかどうか、って、ぼーっと佇んでたら女子の笑い声が中から届いてきた。

隙間を広げ、そっと教室へ頭を入れてみると、黒板の方に女子生徒が三人いて、まだ誰も僕には気づいてないっぽい。黒髪で身体のおっきな子はグミ氏だっけか。黒板になにかキャラクターの顔を描いていて、最前列の机であぐらをかいた子がその絵を見て笑っている。インナーの緑が水色に変わってて、今日は結ばれていない。もう一人は教卓の天板に仰向けで背中をあずけ、寝そべりながらスマホをいじっている。その教卓の前にある机には、カラフルなリボンで巾着に結ばれた手のひらサイズの袋が七、八個くらい積んである。

あまりにインナーカラーの子が笑っているから、落書きの方にばっか意識が向いてたけど、黒板の中央には、

〈集合：八時半　場所：鎌倉駅　東口ロータリー　班ごとに揃い次第班長から報告〉

と板書されている。

グミ氏が「ラメち、これうちのタギングね」と新たに描き終えた絵を指しながら振り向き、僕を視界に捉えて驚いた顔になった。ラメちと呼ばれた子はグミ氏の様子に気づくとならって振り向き、僕を見ると「キャパいわ」っていっそう甲高く弾けて笑い出す。「失礼だってば」と申しわけ程度にラメちをとがめながら、そのグミ氏も吹き出してしまった。

教卓の子がスマホをイジったまま「どしたー?」って言うから自然とその子へ目がいって、スカートの下が赤ジャージだって気づいた。うわ春だ。春は肘をついて上体を起こすと、二人が笑っている理由を探してあたりを見回し、僕と目が合ったとたんに表情がぷいと去ってしまった。

笑いくたびれた様子のラメちが「ちょ先輩、おっちょこちょいだね」って息を切らしながら話しかけてくる。僕は返事の代わりに走って廊下へ飛び出した。廊下は僕の足音でいっぱいいんなって息苦しい。

あ。避難扉が閉まってから、ようやくここが一方通行だったたって思いだした。

カラーコーンは片付けられている。なんとなく思いつきで手すりから身を乗り出してみる。地面を見つめてたら気が抜けちゃってたのか口が半開きだったっぽく、下くちびるを伝ってよだれがしたたり、すぐにすすったけど間に合わなくって、泡だった雫が体から逃げていった。垂れた水分が地上のアスファルトに超ちっさい点のシミを作ったのがなんか気持ち良くって、あと二つシミを足してミッキーでも作っちゃおうか、ってひらめいた。唾をためてたら、背後で、ゴンゴン、と避難扉を叩く重い音がして、驚いた拍子にためてた唾を飲み込んじゃった。

扉の様子を注視してるとまたノックが響く。すぐにまたおんなじように扉が鳴るのかと思ってたら、次のノックは爆発したような音量で、その風圧やら音圧やらで弾き飛ばされたみたいな勢いで扉が開いた。廊下にはスマホを耳へ当てた春が立っている。開いた扉の、廊下側の面にある〈常時は立ち入り禁止〉の下に、春の上履きの跡がくっきりしついている。

春は眉間にシワを作り、また顎をあげて見下すように僕をにらんでいるから、すくんじゃったのか、体も時間も止まった感じで見つめ合う。

ふいに春がもう片方の手を前へ突き出した。離れたとこにいるから届くはずもないのに僕は身構える。けどそれは扉を閉じないようにするためだったっぽくて、手は戻ってきた扉を押さえているし、よく見ると片方のつま先でも扉を押さえていた。

　春の腕と扉のあいだを無理やりにくぐって、グミ氏とラメちが「おつー」とか言いながら踊り場へ出てくる。ラメちが僕の前へ来て「森深かったんけど、でもやっぱ、かわいそうかも、ってことんなって」と小さいパケを差し出してきた。「あげんね」

　会釈をしながら受け取る。中身はチョコチップクッキーが数枚で、下の方に生地の粉や剝《は》がれたチョコがたまっている。手作りなのか、パケは油かなんかでヌメってて、「食べていいよ」ってラメちが言うけど、すべって開けられない。

　パケと格闘してると、スマホの液晶をながめながら「なんで出ないん、こいつ」と春がつぶやきながら二人のそばへ近寄る。

　手が離れた扉が閉まりそうんなったから「あ、待って」と三人をかきわけ、閉まる寸前の扉へ駆け寄る。でも急いだのに間一髪で扉は閉まっちゃった。

「ごめん」ちょん、と頭をさげる。「一階まで降りなくちゃ」

　すると、春がダルそうに腕をのばしてノブを握り、扉を少しだけ開いてみせた。驚いて春を見ると、またスマホを耳へ当て「いつまで寝てんの、この人」って呆れたようにそっぽを向いてしまった。僕に言ったのかな、いまの。

扉へ目を戻すと、ラッチが戻らないように受けのくぼみはパテ的な粘土っぽい何かで埋められている。

「不便だから、って」グミ氏が春を指さす。「ルル、あ、この人がガム詰めちゃったっす」

春はルルって呼ばれてんだ。

「戻れないって知ってんのになんで来ちゃったん？　やっぱ超おっちょこちょいのちょい？」

ラメちの質問に口ごもってると、

「まぁ、そういう日もあんじゃん」ってグミ氏が僕を見る。「あるっすよね？」

「いや、僕はこっちに用があって」目を逸らしちゃった。

「用？　もしか一服する感じすか」

「そんな感じ」

「もしか」グミ氏は握り拳を作り、親指と小指を立てた電話のジェスチャーの親指を自分の口元へかざした。「好きな感じすか」

よくわかってないけど、一応、と返す。

「うぇーい、ぽう」グミ氏は感心した様子でラメちを見る。「学校で稼げるって、ルルが盛ってたわけじゃなかったんだよ」

ラメちは肩をすくめると「んなら、バター入りと交換しなきゃね」とさっき机に並べていた小さい巾着状の袋を僕につかませ、油っぽいパケをぶん取った。「マジにいたね」

春のスマホからうっすらともれてたコール音が留守電のアナウンスへと切り替わり、「はぁー、だりいっす」と、春はため息をついた。「ナル、死んだくさいわ」

「ま？　トんだ？　もういいじゃんあんなん」とグミ氏が春の肩に手を置く。「別に今日じゃなくてもいいんでしょ？」

「いやあ、みっちり予約入ってんだもん」春はさっきまで持っていたのとは別のスマホをブレザーのポッケから取り出し、二刀流でスマホをいじりだした。「朝ナル来んからさ、まどかのセレナで送ってもらったっしょ？　で、スクーターはうちんちだけど、鍵はナルだから足ないねん」

「スケボーでいいじゃん」ラメちが手遊びしながらパケを開く。

「ペニーな。足死ぬわ」

「レンチャでいいじゃん」適当な感じで言うとクッキーを頬張った。

ラメちの言葉を聞いた春が、「あぁループありな」とか言いながらスマホを二台ともしまい、また別のスマホをポッケから取り出した。「カードつかうんがだるい」

「春、携帯何台持ってんの？」と思わず口からもれちゃったけど、無視された。

「ま？　ルルと知り合いすか？」声色とくらべて無表情なグミ氏が僕と春を交互に指差す。

「うんバッテリーだったから」

あんまし意味が伝わらなかったっぽくて、一瞬の間が空いた。

「じゃ、この人でいいじゃん」口からクッキーを飛ばしながら、ラメちが僕を見ている。

「ちな、チャリ通なん？」

ラメちに顔をのぞき込まれたのでうなずきを返す。

「どこ住みすか」とグミ氏が追いうちみたいに尋ねる。

答えようとすると「あー、もういいもういい」と手を払う仕草の春にさえぎられた。「どうすっかは自分で決めるって」

「うちらもノリで言っただけよ」

「えー。ひかる、ルルが遅くなっちゃうのやだー」ラメちが子供みたいにグズりだす。「どっちゃ眠いし、早く帰りたいじゃん、てか普通に学校で待つのも嫌ぁ」

「ごめんて。先帰っていいよ」春が鍵をラメちへ差し出す。

ラメちは受け取るすんで「ストシン、ルルなしじゃ続き観れないじゃん、てことで」と鍵から手を離した。

「気にしないでよ、うち一回観てっから」春がまた鍵をラメちへ突き出す。

「やだあー。新シーズンきたんだもん」ラメちは鍵をもらわないように両手をあげ、僕を見る。「ねぇ、置いてけぼりは暇っしょ？　ルル放課後までに色んなとこ行かなきゃなんで。モト友ならルルを送ゆのが卍」

「送ゆ？　どこに？　それに置いてけぼりじゃないから。時間割勘違いしただけだし。というか……」

「ほら、彼忙しいらしいよ」春が割って入ってくる。「つか、友って」

「なんでなんで？　フレンドリー的な感じでしょ、バッテリー」

グミ氏は春から鍵を受け取り「しょうがない。スプラか、らんまの続き観よぜ」と言いながらラメちの腕を引いて廊下へ戻ろうとする。

「使えんなぁ君。じゃあクッキー返せ」

強引に振りほどいたラメちは僕から小袋をひったくろうとする。そのすんで、グミ氏がラメちの体へハグして「ほら、ひかる。あげたんでしょ。せっかく偉かったのに」とたしなめた。ラメちの手は、僕の顔の前のなんもないとこをひっ掻いた。

春は避難扉を開いてやると、二人を通らせてから自分も廊下へ戻っていく。扉の閉まる間際、ばいばーい、ってラメちの声が聞こえた。扉が、ぱすん、と音を立て、僕は一人残される。

風が吹いて、持ってた小袋が、くしゃ、って鳴く。もうじき栗の花でも香ってきそうな頃だけど、匂いのない冷たさだけが体を通り抜けていった。底から寒い。照れをねじ伏せてドアノブを握る。これは肌寒さをしのぐためだし、とか言い聞かせながら扉を開けた。

「春、待って」の声に三人が振り向き、一番手前の春の形相に怖気付《おじけ》いて声がふるえる。「ニ、ニケツしてもいいけどボロいんだよね、チャリ」

片手を広げながら「へいへいへーい、はおはお」とラメちが駆けてきたからハンドシェイクに応えようとすると騙《だま》し討《う》ちで脇の下を突かれ「煙たいやつのぽんぽんやでえ」と腹を揉まれた。

好きにさせながら春に向かってわざとらしくウィンクを送る。

春は舌打ちをして「はーあ。とりま、ペニちゃん取ってくるわ」とグミ氏へ言い、僕の教室の方へ歩いていった。

その背中を目で追っていたグミ氏は振り返り、不思議そうに僕を見ている。

「これ、ありがと」目を逸らすようにラメちへ向き、小袋を持ちあげる。「朝食べてなかったから食べてい？」

「食ったれ」ラメちは袋のリボンをつまむと強引にひっぱって、ほどけたリボンを廊下へ放った。「そして羽ばたいたれ、羽ばたいたらえええやん」

どう反応していいのかわからなくて、とりあえず袋に一枚だけ入っているクッキーを出して頬張ってみた。味はしっとりとした普通のチョコチップクッキーなんだけど、鼻の穴を抜けていく青臭い風味が強烈で、雑草の繁った外野でスライディングした時の香りがする。でも、ふたりにじいっと見つめられているから、「美味しい」って伝えると、ラメちが悪い顔でニヤって口角を曲げた。その顔を見たグミ氏が僕へ心配そうな表情を向けて「好きなんすよね？」ってつぶやいたのが気になった。


たぶん自転車ってそこまで重い人や物を運ぶためには作られてなくて、だから二人で百キロとか超えちゃってるとハンドルはあんまし思い通り動かないし、転ばないように集中してるうちに汗が滲んで風がしみる。それにたった一枚のクッキーのせいでお腹がごろごろしてる。

「ねぇ、大沢《おおさわ》のグラウンドで寝坊した時もニケツだったね」

うしろからの返事は来ない。

「あん時は漕いだの春だっけ、え何年前？」ふらつきながら右足をのばしてみせる。「ほら、学校にあった捨てチャリさ、身長おんなじなのに僕の足つかなかったから」

バランスが崩れてひときわよろめいた。のばした足をついて急ブレーキをかける。

「もいいや」春が荷台から飛び降りる。「あざ」

まだ校門をくぐったばっかだし、僕は行き先も聞いていなかったし春は自転車のカゴにつっこんでいたペニーをひき抜いて地面にそっと置くと足を乗せちゃうし、もしこのまま春が地面を蹴ってズゴーとかズザーってどっか行っちゃって、また学校で会ってもそっけない態度を取られるだけなら避難扉を開けた意味がない気がする。

「あ、そのローファーのソールってもしかラバーなん？」返事を待つ間がこわい。ので続ける。「コンバースってローファーもあんだね」

ふう、と息をついた音が聞こえてくる。僕の話を止めさせるのにはそのため息だけでじゅうぶんだった。もう、そっと顔を見るくらいしかできないし慎重に視線を送ると、春はパチって目を開いて僕へ向いた。

「わかった。ごめんね、冷たくして。別にキレてるとかじゃなくって、普通に君が誰か思い出せんかった」

「え。まぁ、僕も初めはデカすぎて春じゃないと思ったし、それに……」

「思い出せない人はもうほぼ他人じゃん？　でも他人とはいえさ、人に冷たくすんのは胸がちょっとチクってしてたの」

「うん」

「だから、ごめん」春が小鼻を掻いた。「でも君のこと思い出した」その指で僕を指差し「でさ別に友達じゃないでしょ？　必要以上に恩とか感じたくないし、だから、ビジネスとしてお金払う」指先を荷台へ向け「だから、そこつかませて。でひっぱってってよ、ど？」

「いいけど」

「んじゃあ決定」春はペニーの上に両足を揃えてしゃがみ、荷台をつかむ。「とりま家行くから」

　漕ぎ出すと、ひとりぶん軽くなったから、さっきとは違ってハンドルが思い通りに操れた。

「そっちじゃねえから」

「え、春んちでしょ？」

「ノー。スタッシュ」

「ス、え何、どこ？　引っ越したの？」前を向いてるとうしろからの声が聞こえにくい。

「あーもう、いいからまっすぐ行ってって。曲がるとき言うから」

振り返ると、春は不安定な体勢なのに器用にスマホをいじっている。僕の視線に気がつくと「急にブレーキやめてね」と言いながら片耳用の細長いヘッドセットを右の穴へ差し込んで、どこから出したのかソフトボールみたいな大きさの赤くて丸い何かを荷台へ置いた。

「白線のツルツルだけ走って」

「なにそれ」片手を離して、ボールを指さす。

「君のキイキイうるさいから。ちょ、よそ見危ない」

春はそう言うと、ゆるいｂｐｍの三点ビートを赤いボールから流し始める。遅れてバッキングのピアノ、リードのサックスが鳴る。僕がペダルを踏んづけるテンポはスネアとハットの音に妙に嚙み合った。その裏で聞こえる錆びたチェーンの金切り音がその間を縫って入ってくるからグルーヴが生まれ、ただチャリを漕いでいるだけなのにほとんど演奏してるみたいだし、進んでいくうち気分がよくなってって、みるみる景色が春のいる方へと流れてった。


スマホをいじっているはずなのに、「次の止まれ右ね」とか、「そこの色変わりの十字を左で」「もっとRおおきく曲がれよ、コケる」「ガタ道走んなよ」みたいな指示が折れる手前の絶妙なタイミングでうしろから飛んでくる。春の声と、五トラックぶんくらいずっと働いているスピーカーへ耳を傾けんのに無心になってたら、気づくとまったく知らない街にいた。住宅が多いけど、コンビニも、よくわからん古い店とかもあって、平日の午前中なのに人通りが多い。

「その自販を右で。あっ」と声がしたとたんにペダルが軽くなる。「ふぁっく、バビ公」

荷台を手放し、ペニーを蹴って並走してきた春のにらんでいる先を見ると、交番があって、警官が何に使うのかよくわからない長い木の棒を地面につき、三本足でつっ立っている。

「警察嫌いなの？」

「嫌いつーか」がばっ、と持ちあがった春の腕の先で中指がそびえ立っている。「迷惑で不必要」

「やめなってば」春が地面を蹴る頻度をあげたから強くペダルを踏み込んで追いつく。「なんかされたの？」

「仲間パクられた」

「悪いことしたの？」

春は黙ってさらに加速していった。


深緑色のタイルが張られたマンションの前へ着くと、するん、って降りたペニーをつかんだ春はエントランスへ吸い込まれていった。花壇の横でスタンドをかける。電柱の街区板には白糸台《しらいとだい》ってある。鍵をかけてから、春を追って自動ドアの先へ続いてく。

「こんな洒落《しゃれ》たとこ引っ越したんだ」エントランスに声が反響する。

「いいえ」春はインターホンを操作しながら「あと誰もなんも悪いことなんかしてないか

ら」とつぶやいた。

ようやく数回目のコールが途中で止まり『えいえいえい、よわっさあ』と夜更けみたいなノリでスピーカーがしゃべり、返事なのか、春はカメラに向かってピースサインを開いたり閉じたりする。

「まどか、おそい」

それを合図に、ぴ、と音が鳴って内側の自動ドアが開く。春は僕に手のひらをかざし、「ここで待ってて」と言って中へ入っていっちゃって、残された僕はお腹をさする。お腹の異物感はいつのまにかなくなってて、じんじんと熱が広がる感覚へ変わっていた。

『ちょっとぉ、なんでテル受けしないのさぁ』スピーカーはすっかり切れていたと思ってたから男の声で飛びあがる。『あれ、なるみんじゃなくね、誰』

カメラへ会釈をすると『いや、ペコリ、じゃなくて、誰よ、君』と返ってきた。

「あ、桃瀬っす」のどが裏返った。

『モモセス……。いや誰だよ』とげついた声の裏で踏切のサイレンがはっきりと聞こえてくる。サイレンが止むと電車の走行音がした。でも来るまで線路なんてなかったし、現に今も外から電車の音は聞こえない。

『小春ちゃんになんて言われてきたの？　まじな話』とそれまでより低い声が畳み掛けてき

た。

「野球やってて前に、で、春はピッチャーで、でなんて言われたかって言うとビジネスがどうのって、あ、鳴海先輩の代わりみたいなことだと思うんすけど」

『はあ』気の抜けた声がして、自分が要領の得ないことを喋ってたんだって理解した。『これ録画してっから』

背後で外側の自動ドアが開く音がした。

『まぁ、今日常連だけだしいっか』ため息がスピーカー越しに吐かれたっぽい。『つか後ろ邪魔んなってる』

振り返ると小包を脇に挟んだ佐川の人が僕の後ろへ並んでいた。

『さあせん。宅配ボックスとかないんで、今開けるっすね』

内側の自動ドアが開かれ、佐川の人が会釈して中へ入っていく。入れ替わりで戻ってきた春が「これ、リュック入れれる？」と言いながら紙袋を渡してきた。

受け取って中を見るとビスコとかダースとかポッキーの箱がたくさん入ってて、底の方にはまとめて結ばれたビニール袋の束がのぞいている。紙袋の口を畳んでリュックへしまってたら『取ってくんの早《はえ》えな。つか、彼なんだけど』と話題にされた。

「あー、たぶん大丈夫」

『いやいや』

「トんでも、うち実家知ってっから」

『そうじゃなくてさあ』

　すると春がブレザーのポッケから光沢のある黒いボールペンを二本取り出し、それをカメラへかざすと渋々って調子の声色で『うぃ』と返ってきた。

「ちな、そっちどんな感じ？　運転中？」春がそのうちの一本を投げて寄越してくる。

　受け取るとずっしり重たくって、手がじんと痛んだ。よく見ると金属製のペンは芯の出口の穴がギザギザしてて危ない。文房具ってよりか工具に近い重さ。春がそれをブレザーのポッケへしまったから僕もリュックのポッケへしまう。

『局留めのレタパ回収中で、そのあと吉祥寺《きちじょうじ》で二件』

「ふうん。セレナ使ってないよね？」

『もち。けどスアンに運転さすなよ』

「あっそ。じゃ、こっちはナルにトばれて足なくなっちゃったし、指定場所絞って、待ち合わせの時間とかスーちゃんに適当に調整してもらっちゃうから」

『りょ。クレーム、損切りでいいから気をつけて』

「まどかもね。じゃまた」

春がまた開いたり閉じたりのピースを作り、それを合図に『しーやぁ』って声とインターホンの切れる音がした。


オニツカのラインみたいな手相がぼんやりかすんだ視界を埋めていた。

「全粒粉のビスコ」副木《そえぎ》がなくなって大げさ感はうすれたけど、春の人差し指にはまだ包帯が巻かれている。「メッセ見たんなら出しといてよ」

顔をあげると、春がさらに強く手を差し出してきた。

「あそうだ、ごめん」耳に聞こえる自分の声がのっぺり遅くて変な感じ。「ぜんりゅーふん、ね」

ベンチに置いた紙袋を漁《あさ》って、茶色い箱をビニール袋へ入れて春に渡す。春は受け取ったら、とっとと歩いて公園のどっかへ行っちゃった。

春を引っ張りながら中央線の高架下をくぐった頃にはまだなんともなかったんだけど、この、だだっぴろすぎて反対側の見通せない小金井《こがねい》公園で落ち葉を踏んづけながら歩いてたら、蜘蛛の巣にぶつかったみたいに、見えない膜を突き破った感触というか、不可逆な力の働いたおっきな透明ななんかに触れてしまったようなイメージにとらわれた。その感覚に圧倒されてたら、お腹の熱が全身へ広がり出し、注意してないとすぐにぼーっとしちゃって集中ができなくなった。体に充満した鼓動がついに溢れ出して耳の穴から体に戻ってくる。そんな自分自身の感覚にほんろーされてたら、春に不審がられた。

公園の奥まったとこにある東屋《あずまや》のベンチへ座らされ、春が僕のリュックから紙袋を出したり、スマホをいじったりしている横で、なにしてんだっけ僕、とか、なんで春がここにいんだっけ、って記憶が遠くなってってった。開いた口から意識が逃げるすんで、春がスマホを僕の太ももの上に落っことしてきて我に返った。春が、そのスマホにはお菓子の商品名が書かれたメッセージが入ってくるから、指示通りのお菓子を紙袋から出してビニールに入れて戻るの待ってて欲しい、って頼んできた。そこまでは覚えてる。たぶん。

しばらくすると、茶色いビスコの箱を持ったまま戻ってきた春が「これ、別にしといて」と箱を返してくる。

「食べてもいい？　待ってたらお腹へっちゃった」箱を開けようとしたらつま先を蹴られた。

僕のお腹、くるくるよじれてへんな感じ。どうしちゃったんだろ、僕。ん、ぼく？　ボクだっけ？　もし今なんかしらツイートしろ、ってなったら、普段の一人称は僕だけど、今はぼくって感じかも。そんな自意識。

「絶対ダメ。グルーないし。開けたらギャラなしだから」春は箱を奪ってぼくの横に置いた。

「ほら、つぶいちご早く」

夏休みのプールで疲れ切った体に扇風機を浴びせて、甲子園をＢＧＭに昼寝をしてる、みたいな心地よいダルさが物理的な実体となって、モコモコした感触でぼくの肌を包み込んでいく。包み込まれて良い気分なのに春にローファーを蹴られてまた我に返る。

「なあに」異常に目が乾いて、こすってもこすってもかゆい。「蹴っちゃだめ」

「つぶいちご出してってば」肩を強く押される。

「花粉症デビューしたかも。ついさっきから」

春は無視して紙袋を自分で漁り出した。見つけたのか「他のも食べちゃダメだから」って念を押すと、離れてちっさくなっていった。

頭がじんじんと鼓動に合わせてちょびっとずつ膨らんでいく。おでこを押さえてみる。熱はない。いや、別に手で触っても熱があるとかないとか正直わからないよね。横んなりたいな、って思ったらもうすでに体は倒れてて、願えばなんでも叶うんじゃん、って、あたたかい気持ち。のどがからからに渇いちゃってて、唾がまったく出てないことに気づいた。飲み物を出そうって、リュックのポッケへ手をつっこむ。親指に鋭い痛みが走り、腕を引っこめる。指先が裂けちゃって、血がどぼどぼ流れている。さっきの意味わかんないペンのせいだ、まったく。肉が露出した部分の見た目がグロくて、痛みよりも、痛そうって気持ちのが強い。

咥《くわ》えてみると鉄の渋みが口へ広がった。つま先をこすり合わせてローファーを脱がし、膝を抱える。公園でもベンチでもなく、子宮にいる、って気持ちんなってきて、目を閉じてみる。血は止まんないけど、のども口ん中も渇いてたし、ちょうどいい。鼓動に合わせて血の味が濃くなってく。鼻血をすすってる気分になってきた。なんだか懐かしい感じ。吐き出されたチェキが像を結ぶような緩慢なスピードで、まぶたの裏に鉄棒が浮かびあがってきた。と思ったら解像度が鮮明になる速度がぐんぐんとあがり、いつの間にかイメージは身体感覚を伴ってて、ぼくは校庭の真ん中で寝そべってた。頭が倒れてるもんだからサッカーのゴールも、半分埋まったタイヤも九十度に傾いてて、あ、これタイムスリップじゃん、って気づく。皮の破れた指先を咥えんのがそのトリガーなんだ。これって、みんなが、あっと驚くよーな大発見じゃんか。校内放送が流れている。「おい」だって、へんなの。そういえば器械体操とか写生大会みたいな授業が頻繁にあったあの頃、首を寝かせてあたりを見まわすと、視界じゃなくて世界が横んなってて、落っこったらどうしようとかビビってたっけ。放送の音量があがって地面がふるえ出した。

「起きろって、おい」春がぼくの肩を揺すっていた。

「あれ、春じゃん」あまりに光がまぶしくて、細めた目をこすったら目ヤニが指にじょりってした。「もうまいっちゃった。頭ぐわんぐわんだしぼくコロナかも」

春がぼくの顔をのぞき込んだ。とっても近い距離で目と目が合う。春の黒目にはぼくの顔が映ってて、我ながらマヌケな顔してる。ほんとにアナフィラキシーを疑うくらいまぶたが重く膨らんでる。ぼくのシルエットの奥にいくつもの渓谷が環状に連なっている。瞳って不思議だ。ちっさくなったらあん中で暮らせそう。

「君、目ぇ真っ赤じゃんか。あぁ、もう、まじかよ」春のため息からほんのり口の匂いがする。「ラメちのクッキー食べたんでしょ」

こくん、って頷《うなず》いたら、慣性で頭がつんのめって首の関節が鳴った。

「もういいわ、箱出したりしないでいいから荷物見てて」春がバンソコを差し出しているから怪我の指をさし出す。「は、自分でやれし」

春の指に弾かれたバンソコがきりもみしながらぼくの顔へ落ちてきた。お母さんはカットバンって言ってたっけ、とか考えながら包装を剥《む》いて親指に貼る。よだれなのか、血なのかでヌメってるせいか粘着が頼りない。

春が近くの公衆トイレの方へ駆けてって、ペットボトルを片手に戻ってきた。

「あと一件でまた動くから、飲んで落ち着いてて」あきれた顔で、キャップを外した水を渡してくる。

ひと口だけのつもりで、のどをごくんって鳴らしたら、こんなに水が美味しいのなんて初めてだし、身体が起き上がる。からからだったぶん、スポンジボブかよってくらい全身が水を吸い込んだ。隅々まで循環して潤ってく感じに夢中んなって、すぐに全部飲み干しちゃった。

お礼を伝えようって思ったのに春はもういなくなってて、まぁ、またお菓子持ってどっか行っただけだろうけど、水の感動を共有できる相手がいないのはつまんなくて、でもまぁ普段はそれが日常だったし別にいっか。「みずさいこう」ってつぶやいてみる。てか、春はお菓子をどうしてるわけ？　いろんなとこで一人で食べてんのかもな。

ぶぶ、ってバイブが聞こえて、ふとベンチを見たら、春のブレザーが脱いである。着信してるっぽくて、ずっと鳴ってるし、出た方がいいのかもって、襟を持ちあげてポッケに手を入れようとしたんだけど、暖簾《のれん》に腕押しって感じでうまく入らない。ブレザーがめっちゃ重いし、いっそ自分で着ちゃえば手を入れやすいかもって、羽織ってみたらムスクみたいなフレーバーがふんわり鼻下を舞った。ポッケにはいろんなものが入っているみたいで、振動を頼りにしてスマホを取り出す。

「おい、着んなって」声に振り向いたら、ちょっと離れたとこから春が駆けてきた。「じっとしてなよ」

「いや、電話来てたの。それにポッケが逃げちゃうから」

もうじき東屋へ着く春がすぐ電話へ出られるように腕をのばし、リレーのバトンみたいにスマホを差し出す。液晶には見たこともないアプリの〈保護されたメッセージ〉って通知が表示されている。

「勝手にさわんな」スマホがもぎ取られる。「ふざけんなまじ」

春はスマホをスカートのポッケへしまうと、ぼくの着てるブレザーのポッケへ乱暴に手を入れ、もう一台を取り出して操作しながら耳のヘッドセットへ指をあてた。

「はぁいしーす、わさぁ」自由な方の手がぼくの肩パッドをぎゅっと鷲づかんでひっぱった。

「脱ぐってば」上体をよじって袖を抜く。

「スーちゃん、ごめん、うん、あと十五分くらい。しーちゃんから？　いいよ、ほかして。うん、着いたら連絡するから待たせといて、うん、ばぁい」

電話を終えると、春は紙袋の中身をスマホと見比べながら物色しだして、結ばれたビニール袋の束を見つけるとほどいて、ひと袋にひと箱ずつ入れ始める。

「次国分寺《こくぶんじ》だから」

「えー、なんか、体が変で漕げないよ」

「もー、なんで食べさせちゃうかな」春は髪をかきあげ、その流れで耳のうしろをぼりぼり搔いている。「いいよ、うしろつかんで。うち漕ぐから」

「無理だって、小学生から乗ってないんだもん」

「あっそ」

春はブレザーと紙袋を持って東屋から出ていき、端に停めたぼくの自転車のカゴへそれをペニーと一緒につっこんだ。

「じゃいいよ」春がスタンドを外してまたがった。「乗れば？」


小学生ん時は二人ともチームどころか地区でもかなり背の高い方だった。春のお兄さんでコーチだったしーちゃんと三人おんなじくらいの身長だった。ぼくはそれからたくさんの人に身長を抜かれたけど、春はそのままのび続けたらしい。だからサドルが低過ぎるっぽく、春は猫背にいかり肩でハンドルを握ってて、ペダルを踏み込むたんびに目の前の丸まった背中にシワが集まった。ぼくはそのうしろで股の間の荷台をつかんでのけぞったり、そのまま空を仰いで雲をながめたりしながら、すれ違うちびっこへ手を振ってみた。その子の親がなんとも言えない苦笑い。近くの景色は流れてくのにへんな形の雲はずっとおんなじとこにいる。あっちで吹いている風と春の漕ぐスピードが一緒なんだ。だからついてくんだ。雲を見てるとぜんぶが繋がってる気分になってくる。今ぼくの前髪を揺らした風が、この並木道の銀杏《いちょう》の枝も揺らしてて、春のつむじを照らす光線はひび割れたアスファルトの谷間にも降り注いでる。ぼくの顔で暮らしているダニも含めてぼく。みたいな感じでぼくも地球の肌に寄生してる。団地に干された洗濯物も、横切ってったのら猫も、そこで暮らすネコノミも、春も、雲とか風も、そのぜんぶが星のいちぶ。春はさっきうしろでぼくにひっぱられながらどんな景色を見てたんだろ。太陽が目に染みちゃって身体のバランスが崩れ、荷台からなのか、地球からなのか振り落とされそうんなる。思わず春のお腹をつかんじゃって、怒られないかひやひやしながら手を離した。春は黙って漕ぎ続けた。

人が増えてきて、「避《よ》けんのダルい」って春に降ろされる。自転車を押していく春を追いながら、ふとセブンの店内時計を見て、思わず目がかっ開いた。時間の感覚まで狂っちゃったらしく、何時間もかけて駅前にたどり着いたと思ってたのにまだ公園を出て二十分も経ってなかった。

駅が見えてきて、春が立ち止まった。そばには出来立てって感じの綺麗なロータリーがほやほやしている。

「そこのモナコ」春が駅ビルの方を指差した。「降りる階段あるから座ってて、手すりんとこ」

「で、さっきとおんなじ感じで待ってればいいわけ？」

うなずきが返ってくる。春の頭上には電子看板が流れていて、昼間なのにまぶしい。

「モナコってパチンコ屋さんか」

春は歩道を挟んだ店の向かいのガード沿いに自転車を停め、カゴからブレザーを取って袖を通すと、紙袋から箱の入ったビニールをひとつ出して指へひっかけた。

「メッセ来たら、チャリのサドルに袋かけといて。勝手にとってくから」

「ねぇ、しーちゃんって今なにしてんの？」自分の声が遅くておもしろい。

「は？」春は苛立った様子だ。「農家だけど」

ぽつり言うと春は首をかしげながら駅の構内へ向かって行った。

言われた通りに動線を塞がないようパチンコ屋へ降りる階段に腰をおろす。客が出たり入ったりするたんびにめっちゃ騒がしくなんのがうっとうしい。耳栓代わりのイヤホンをつけてじっとしてると、世界の音が消え、意識は急速に内側へ向いてった。体を覆うこの不思議な熱を心臓が全身へ循環させるせいで、鼓動のたんびにじんじんと頭が風船みたく膨らんでく。顔までのぼってきた熱が口だけじゃなくて目ん玉も乾かし、まぶたを開けてらんないくらい白目がしょぼしょぼんなる。学校へ行かずに二度寝する時のまどろみを強烈なまでに増幅させたみたいな眠気に体が重たくされ、そのまま地中へ沈みそうんなる。ここが屋外だとか公共性だとかそんなことかまってらんない。ポッケの中がふるえたけど、手をのばすのもひと苦労だしめんどくさい。めんどくさいというか脳が信号を飛ばしても体が反応しない。反応しないのも仕方なくて、なぜならぼくの肉がコンクリートの階段やその辺の空気に溶けだして一緒くたんなり、ぼくはモナコの、地球の一部になっちゃってたから。

鼓膜をふるわしてたパチンコ屋の騒々しさはいつのまにかムード強めのR&Bだし、うす目を開けるとヤニだかで茶ばんだ壁がすぐ前にあって、まぶたをこすってみたらそれは建物の天井にしては低すぎるから、やっとここが車内だってわかった。そうなるとおぼろげに地震だと思ってた揺れが、夢の世界から戻ってくるに連れて急に現実感を取り戻し、ステアリングとかペダルを踏まれたエンジンの振動へ変わっていった。

音楽をかきわけ、「起きたんじゃね」って声が聞こえる。運転席からのびた腕がインパネのボリウムのツマミをひねり、走行音が優勢んなる。

「おは。今、署に向かっているので、着いたら詳しく経緯をお聞かせください」

血の気の引く音がBGMにかき消される。まだ体のふわふわした感じはしっかり残ってるし、眠りこけた言い訳がヘロヘロになっちゃったらどうしよ。てかパチ屋に通報されたのかしら。けど、ヘッドレストの隙間からは、紺の制服じゃなくてマンバンの団子と刈りあげが見えてて、真っ白の頭に疑問符が浮かんだ。

「君さ、外いない方がいいし、だから、うちで休んでってもらうから」春が助手席から横顔を出した。「シラフんなるまで」

「うわ、もう心臓止まるかと思った」

運転席から笑い声。そのあと左手がのぞいてごめんのジェスチャー。

「あの、はじめまして」

「こっちはモニター越し二度目ね」バックミラーで目が合う。「そりゃ、常連だけって言ったけどさ、ストーンかますのは気合い入りすぎでしょ」

春が何かを放る。シートの、さっきまで頭を置いてたあたりに目薬の小瓶とハイチュウがバウンドした。ぼくのうしろにもう一列あって、そこにレターパックやら、小包サイズのちっさな段ボール箱やらがいくつも積まれている。

「食べていいよ。血糖値あげな。あと目薬差したら乾いてかゆいのも良くなる」

ありがと、って拾おうと手をのばすけど、やっぱり体も頭もふらついちゃって、そのまま、ばたん、って元通り横んなる。

「小春ちゃん、いくら一人じゃ任せないって言われたからって、誰でもいいわけじゃないと思う」またバックミラー越しに視線がぶつかる。「どうしちゃったのまじ」

「うるさい」

「明日からは？」

「ナルの返事待ち」

「そう」

目の前に転がる銀の包装を剝いて、ベトつく塊を口に入れる。何度か咀嚼《そしゃく》すると甘いドロドロがベロに広がって、グレープ味の濃さに乾いていたはずの唾が溢れそうんなる。強烈な甘さに眠気は吹き飛んだんだけど、まだ目がかゆいからもらった目薬を差す。垂れた薬液のしずくが目ん玉をひんやりと包んで、ゆっくりと染み込んでいく。気ん持ち良くて、思わずもれた自分のため息が聞こえてきた。夢中でもう片目にも垂らす。けど、車が揺れて、狙いがずれる。もう一度。またずれる。顔がびしょ濡れ。運転席からまたまどかさんの笑い声が聞こえ、うしろからは荷崩れの音が聞こえた。わざとだ。

ひだね

古い二階建ての一軒家の前でぼくと春は降ろされた。表札が剝がれてて、吹き付けのモルタルがその部分だけ焼けてない。

「春のツレでも下手すんならクビだかんね」とか言ってまどかさんのピクシスバンは去って

った。黒ナンバーがうさんくさいと思った。

「さっきのハイチュウ異常に美味かったんだが」

春はちらりとだけぼくを見やって、ため息を吐きながら門扉の先へずんずか進んでいく。玄関の扉が開くと、さわやかなレモングラスのお香の匂いが鼻をついた。春が腕をのばして扉を開けたままにし、中へ入れって感じに顎を振った。

家の奥へ続く廊下は積まれた段ボール箱や紙袋で幅が狭くなっている。戻ろうとする扉を春から引き継ぐと、手にうっすら断続的な振動が伝わってきて、ほこりもどことなく揺れて見える。頭がぐわんぐわんだし、イヤホン挿してるせいで耳に自信がないけど、そういえばたぶんリビングあたりから聞こえる音がかなりの音量っぽい。春がローファーを雑に脱ぎ捨て、玄関の段差を飛び越える。

ぼくも続こうと足を踏み出すけど、意思よりワンテンポ遅れて体が動くから、なんだか人型のロボットでも操縦してるみたい。さっきと比べて気分は落ち着いてきた。と思う。というかふわふわした状態に慣れてきた。けど運動のおぼつかなさは車を降ろされた時からひとしおだし、それに初めての街の、初めての一軒家に、初めましての人の運転で連れてこられて、あげくなんか軽く叱られてキャパっちゃってた。

段差に座り込んでローファーを脱ぐ。腰をおろす時におっさんっぽい声がもれた。ふと顔をあげたら、のぞき窓に黒いビニールテープが貼られている。この家、外にインターホンとかなかったけど、人が来たらテープをいちいち剝がすんだろか。それにノブの錠以外に二つも錠前が付いてて、そのうえチェーンまで付いている。春の以外にふたり分のローファーがたたきに並んでて、その片方がものすごい厚底だから、思わず自分のと比べてみる。収納にはたぶん春のスニーカーしかなくて、他に春の両親やお兄さんの靴とかは見当たらない。まどかさんの家なのかな？

春がリビングの扉を開けたっぽくて、さっきのパチ屋みたいな騒音が廊下へ溢れ出した。振り向くと、床にあぐらなのか扉の奥の位置から変な角度で顔を出した、フードをかぶったラメちと目が合う。たばこを吸ってんのか、彼女の二つのちっさい鼻の穴から煙が逃げていった。春とラメちは手のひらをパン、パンって叩き合うと流れでにぎり拳を突き合わせ、最後にチョキを作ってお互いの指の付け根の水かき同士をガシッとくっつけ、乱暴にこすり合って乱暴に手を離した。

「ひかる、ちょっと音さげて」聞こえなかったらしく言い直す。「さ、げ、て」

音量が落ち着くと、やっとそれがゲームの音なんだってわかった。

「おっつー。先輩も来たん？　いいじゃん、いぇーい、はお」ラメちがリモコンを握った手でギャルピする。「グミいまコンビニよ」

「うん、ぜんりー見た」春がゆっくり振り返り手前の扉に人差し指を向ける。「そっちの部屋で横んなってて」

体が重いし、立ちあがるのがめんどくさい。

「ねぇ、なんでバターの方食べさせちゃったん？　超ダルかったんだけど」

「えだって、先輩置いてけぼりでエモっちゃってたし、しかも好きって自分で言ってたんよ。てかルル一緒にいたじゃんか」

「こいつ初めてっぽいよ」

「が？　バッドなん？」

「そうじゃないけど、めっちゃ石だからまどか呼んで持って帰ってきた」

「ええ、なんかすまんご」

スマホで〈バター〉〈アレルギー〉って検索してると、背後から、「だいじょーぶですかぁー」ってラメちがわざと変な声を出した。家ん中が暗いのか、スマホの液晶が目にしみる。いまいちヒットした症例が腑に落ちない。別のサイトを求めてまぶしい光源に指をこすりつける。

するると目の前の扉が開き、両手にコンビニの袋をさげたグミ氏が外に立っていて、「ども」と頭をさげた。うしろから、「おかえりー」って聞こえる。グミ氏が袋を持ったまま拳を握り、「わかんだ」って言いながら胸の前で両腕をクロスさせた。振り返るとラメちと春もおんなじポーズで、「ふぉえば」ってユニゾンした。

「先輩、しごおわ早くないすか」

「発作でちゃって」真似して腕をクロスさせる。「バターアレルギーかも、当たっちゃった」

眉をひそめたグミ氏がぼくの目をのぞき込み、そして弾けた。

「ぎゃあっはは、あー、やばあ。死んだ。やっぱブリっちゃった感じすか」グミ氏が笑ってのけぞった拍子に片方だけサンダルが脱げた。「ちょ、ラメ、当たったんだって！」

脱げたサンダルのロゴを追って驚いた。セリーヌかよ。

「あーもう」春の声がとげついている。「わかってない奴に食わすのテロだから。つか早くあがれよ」

「とびすぎっすね」グミ氏がぼくを避けて段差へ飛び移る。「立てないんすか？」

「うん平気」

「あの、手塞がってんで鍵おねしゃす。あルル、サンダル借りたわ」

グミ氏がビニールを鳴らしながらリビングへ向かっていく。

「ほら平気って言ってんじゃん」とラメちの声。

「平気じゃねえし。こんな人が駅前で固まったからさばききれなくてリスケしたんだが」春の足音でフローリングが揺れ、ブレザーの肩パッドが引っ張られた。「鍵かけんだからどけし」

乱暴にぼくの横をすり抜けた春はグミ氏の脱いだサンダルを足場にして、鍵を全部と、ていねいにチェーンまでかけた。振り返った冷たい視線がぼくを見おろしている。居心地の悪さをごまかすために、「立てないよ」ってふざけた声で言ってみる。反応がないから、「立たせて」って両手を広げてみる。けど春は無視して、またぼくの横を無理にすり抜け、リビングへ入ると、「しゅーのーにタオルケットあっから」って句点の代わりに扉を閉めた。そりゃ立たせてくんなくたってべつに立てるけど、春が閉めた扉の風圧かなんかが胸に刺さってズキンってなる。

春に言われた部屋はうす暗いし、マットレスが一枚敷いてあるっきりで他に何も無い。雨戸も締め切られているし、リビングから伝わってくる三人のにぎやかさがより部屋の闇を引き立たせた。

まぁ、ひと休みして落ち着いたら帰ろう、ってジャンプでくつずりをひょいってまたぐ。そのまんまの勢いでマットレスへ仰向けんなったら、なぜか天井の照明のカバーが外されてて、輪っかの蛍光灯がむき出しんなっていた。

目が慣れてきたら、木目だと思ってた天井の模様はデザインされた幾何学模様へ変わる。どこを見てもパターンが違うし、色にムラがあったりするから印刷じゃなくて手描きなんだってわかった。人が描いたと思ってながめると描き込みはあまりに執拗《しつよう》だから、脚立とか、台みたいのに乗って、しこしことサインペンを動かす誰かの神経症的な姿をイメージしてたらなんだか滅入《めい》っちゃった。クラスの人らは鎌倉ではしゃいでるってのにぼくは何してんのだろか、まじ。

家具のない部屋の寒々しさ、気味悪い天井、リビングで笑う三人の声、ふわふわする体調、それぞれが相まって、まるでこの世をつかさどるなんかしらがバグって世界の裏側へ迷い込んだみたいな感じ。

耳に指を添え、イヤホンを立ち上げる。目をつむると天井からインクがしたたって、部屋がまっ黒んなる。情報を遮断して、すぐに眠らないと表の世界に戻れなくなるような気がしてこころ細い。一生意識が裏返ったまんまだったらどうしよう。想像してたら体の奥から恐怖がわいてきた。というか、足がふるえてることに気がついて、ふるえてるってことは寒いかこわがってるってことだから、べつに今寒くないし、ってことは自分の体は今こわがってるんだ、って思ったらこわくなってきた、って感じ。その漠然とこわいって気持ちがこころん中で渦を巻く。こわい以外の他のいろんな感情とか思い出とかをぐるんぐるん巻き込んで渦は成長し、こわいってこと以外なんも考えられない。そのうちこころの全部が根こそぎ巻き取られた頃にはもう元の自分には戻れなくなっちゃうんだ、とか悟りはじめる。やっぱしそんなん嫌だし、どうにかしなきゃって思い始めたけど、でも体を動かす為に必要な精神のエネルギーはもうぐるぐるの中心に絡め取られちゃったみたいで、目を開けることも出来ない。もう手遅れなんだ、って思ったらこめかみに水が伝いはじめたけど、でも体の感覚が鈍くなっているから、これが自分の体から流れ出た水、って理解するまでに時間がかかった。

リビングで三人の笑い声が弾けたのがノイキャン越しに伝わってくる。ぼくを笑ってんのかもしんない。でも、笑われちゃってんだとしても、三人の声で、ここが現実の世界なんだって思い出せたし、どっか安心した。安心って概念が向こうの世界から帰ってきた感じがうれしい。三人とも笑い過ぎちゃったらしくって、声が激しめの咳《せき》に変わっていった。咳はずっと続く。長い咳、かなり。息できなくなって死んじゃわないのか心配。あ、他人を心配する余裕も帰ってきた。うれしみ。

むせ込むほど楽しいことなんか、ここ最近のぼくにはないし。じゃあ、昔はあったのか、っていうと、うーん、野球は楽しかったのかも。炎天下に面を被ってのぼせるあの感じ、春の球の勢いがミットを貫通して脳を痺《しび》れさしたあの感じ、そうだ今思うとゲボ吐くくらい楽しかった。中学でもおんなじくらい打ち込めると思ってたのにあんましうまくいかなかったな。部活は遊ぶ為の場じゃないって、ぼこぼこに思い知らされた。チームいた時、春も楽しかったんだろうか。人は他人のこころなんかわかんないわけで、だからこわい気持ちとかさみしい気持ちなんて誰にも伝わるわけないってことだから、つまり孤独に死んでく。お父さんが死んでく時もどんな気持ちなのかわかんなかった。こわくてさみしかったのかも。でもぼくはそんなの知らんしって感じで、悲しむとかじゃなくてムカついた。小さいながら思い描いてた将来とかが台無しにされたきぶんだったし、いつか死ぬ、ってのを見せつけられたのがまじ腹立った。怒るの忘れんのがこわかった。春がおぼえたての変化球を見せてくれた時も、それを捕れるようんなった時もどうせ死ぬしどうでもよかった。べつに孤独でいいから死にたくない。死にたくない。死にたくない、ってこころで唱えてたらまぶたが力んじゃってたらしくって、目尻に寄ったシワをつたって水分が流れていった。流れた先にたまりが生まれ、そのうち何も無かったスカスカの部屋は水で満たされ、ちゃぽんちゃぽんになってぼくは溺死した。

＊

水中の気泡が深いとこから浅いとこへと昇ってくよーに、死体に充満したガスがぼくを浮かびあがらせた。そんでぼんやりな意識が息継ぎみたいに水面から頭を出す。あー、まだ生きてることとか昼寝が気持ちいとか当たり前のことに肺が膨らんで、肺胞に取り込まれた喜びみたいなのが血液に乗って全身を巡り、ぼくは息を吹き返す。じゅうぶんに満足したら息を止める。また潜水する。

だいぶ深く潜った先で、冷たいなにかがほっぺたに触れ、そのひんやりに驚いてショーのイルカみたいに意識が水面から飛びあがった。眠ってるあいだにタオルケットが掛けられていたみたいで足に布が絡まった。部屋の明かりもいつのまにか点けられてて、舞ったほこりを照らしている。カバーがないからまぶしくって、目をしばたたかせてたら、横にグミ氏がいてまた飛びあがっちゃった。

「そんな驚くすか」グミ氏の指が包装の剝かれたアイスキャンディをつまんでいる。「させん」

「ビクったー」目をこすったら涙で指が濡れた。「いま何時？」

「口乾いてるっすよね」とアイスキャンディが差し出される。

ぼくが受け取ると、グミ氏はアイスキャンディをつまんでた腕の袖を引っ張り、巻かれたアップルウォッチをぼくの顔の前につき出した。

「スポティファイ？　エス、ゼット、エー？」液晶に表示された文字を読みあげる。「逆さまだとよみにくい。に、ツー、エイエム……え夜中ってこと？」

「いや違うすよ」グミ氏は自分で画面を見直すとまた腕を突き出す。「それ曲っす。シザの。時間の方見てください。十五時過ぎっす」

「え、十五時って、もしか翌日?」

「昨日からしたらそうっすけど」グミ氏が画面をタッチして、袖を戻した。「まだ今日す。おはようございます」

寝落ちしてから数十分しか経ってないらしくって、思うより先に、「まじかよ」って声が出てた。起こされはしたけど、思う存分の眠りだったし、あまりの時間の進まなさにのどが詰まって言葉が出ない。ほっぺたをつねるけど、あんまし痛くない。よりかアイスキャンディがとけて指にベタつく。齧《かじ》ってみたら冷たくてハッとした。そのうちさっきハイチュウ噛んだ時みたく甘さが口で爆発してもだえる。飲み込むと冷たさが体ん中へ落ちてって、どの辺を移動してんのかがはっきしわかって変な感じ。徳用のやつなのか、ちっさくてすぐに食べ切っちゃった。

「染みるっすよね。今から映画観んすけど、あっち来ます?」グミ氏がぼくの目をのぞき込もうとする。「あの、気分落ち着いたらでいいんで」

「いっしょー落ち着くことはないっぽい、たぶん」

ははは、と笑いながらグミ氏が手を握ってきた。

「えでぃぼーでバッドとか、あー、聞いたことないんで、まじ」手から伝わる体温があまりに熱い。「だいじょぶっすよー、こわくないす」

グミ氏の顔を見てみたら目が真っ赤っかで、しかもしゃべる速度が異常にゆっくりだし、なんだか酔っ払いみたい。

「めっちゃ息吸って、吸うの。で吸ったぶんの倍の時間で吐き出す」

グミ氏は目をつむって上を向き、自分でも息を吸い込み始める。ベージュのニットを着た元々ふっくらとしたお腹らへんがポコってさらに膨らんだ。

真似して空気を吸う。グミ氏が吐いたらぼくも吐く。うす目を作ったグミ氏が、「目閉じなきゃ」と膝をつつくから目をつむる。グミ氏の呼気に合わせてゆっくり吐く。そんで吸う。ゆっくりゆっくりそれを繰り返す。繰り返す。グミ氏とぼくの呼吸が重なって、ひとつの肺を共有しているみたいな感覚。こころを毛羽立てる不安な気持ちはまだそのまんまだけど、それを上回る落ち着きというか静けさが胸を満たして暗いバイブスを覆い隠した。でも、もういいだろ、ってうす目をあけるとグミ氏もちょうどぱちって目を開いた。

「どすか、楽っすか」

「あんまし。なんか脳みそふくれてるぽい」頭を小刻みに揺らしてみる。「こうすると頭がい骨と一緒に脳がついてくる感じ」

「はぁ。まあ、気休めっす。やっぱこっちか」グミ氏は手を離すと、ブレザーのポッケから変なキャップのついた白いペンを出した。「穴んとこ咥えて、吸ってみてください」

顔の前にペン先を突き出されドキッとした。恐る恐る咥えてみる。ペンにはボタンみたいな部分があるみたいで、グミ氏が親指でそれをカチって押すとパチパチ鳴り始めた。そこでようやくこれが筆記用具じゃないんだってわかった。

「吸うんすよ」

覚悟を決めて吸ってみたら、パチパチがジジジって音に変わった。のどにチクって痛みが走る。鼻にさっき食べたクッキーの青臭さに似た香りが抜け、ほのかな熱は肺へ落ちていく。

「で、ちょっと息止めて、そっから吐くっす」

言われた通りに数秒待って息を吐こうとしたら、染みたのか、ひっかかったのか、のどの痛みがとたんに激しくなって咳が止まらなくなった。咳のたんびに口から煙が吹き出て、その煙がのどをちぢめるから、首を絞められているみたいに頭が鬱血していく。風邪の時でもこんな激しくのどを痛めたことはない。

「あー、ちょっとずつ吐かないと」

グミ氏はぼくの背中へ手を回してさすりながら、もう片方の手でまた顔の前にペンを差し出してくる。ペンのキャップだと思ってた透明な部分にドロっとした茶色い液体が入っている。なんだこれ。グミ氏の腕を押してペンを遠ざける。ゲホンゲホンの合間を縫ってなんとか声を出す。

「ちょ、きついってば」

「大丈夫っす。最初だけ。もっと、もっと吸えば治るんで」

「がぁー。このタイプのタバコ初めてだからのどに染みる」

グミ氏は、たばこ？　ってつぶやきながらペンを目線の高さに持ちあげ、そしてパクッと咥え、パチパチ鳴らして口から離した。少しして笑えるくらいの量の煙が吐き出され、見えなくなった向こう側からグミ氏の激しい咳が聞こえてくる。

「うだあー、確かにしびでぃでも染みるっすね」またグミ氏がペンをまわしてくる。「落ち着くまでいっときましょ」

引くに引けなくて咳《せ》き込みながらペンを咥えたら、歯にぶつけちゃってガチンって音がした。パチパチ、ジジジって煙が流れ込んでくる。言われた通り咳が出ないようにゆっくり吐く。けど、ダメで、やっぱむせちゃった。空気が口から逃げていくたんびに白い煙が顔の前を昇っていく。咳の勢いに乗ったつばきが遠くまで飛び、さっきよりはっきし青臭い香りが鼻を抜けていった。グミ氏もまた吸ったのか、ぼくの咳とユニゾンした。のどや胸らへんがとけるんじゃないかってくらい熱が強くなる。熱は頭まであがってきて、目ん玉が飛び出るかと思うくらい咳、また咳、ずっと咳。

自分の咳で自分がうるさいくらいだから、リビングにも当然聞こえてて、聞きつけたラメちがドタドタって部屋へ入ってくるなり、「ずっちいぞ」ってグミ氏からペンを奪って深く吸い始めた。

「んふぁー」ラメちは咽《む》せることなく煙を鼻から吐ききった。「あーれぇー、鼻毛のフサりを感じる」

そのままラメちは間髪いれずにまた深く吸い、吐き出さずバタンとうつ伏せで倒れ込んで、ぼくの足元のタオルケットに顔をうずめた。そっから動かなくてグミ氏と顔を見合わせてたら、ラメちの髪と髪のすきまから煙が湧いてきてふたりで安心する。笑い始めたラメちが何か言っているけど、声はタオルケットに減衰させられて聞き取れない。でもグミ氏には通じたみたいで、「まさかぁ」って相槌《あいづち》を打つとラメちのスカートをめくり、下に穿いた起毛のスウェットのポッケからまた別のペンを取り出した。グミ氏がふたつのペンを電球に掲げて見比べている。ラメちが持っていたペンの方は液体の色が薄いな、って思ってたらグミ氏がそっちを咥えて煙を吐いて笑い始めた。

「ぜんっぜんわかんねぇ」グミ氏がリビングの方へ顔を向ける。「ルルぅー、ちょ、来てぇー」

グミ氏がバツの悪そうな顔でぼくに会釈をした。その向こうの、ラメちが開けっぱなしにしたドアの先に春が現れて、のそのそって入ってくる。ぼくをチラッとにらむけど、さっきまでのキツい目つきじゃなくって、トロンって眠たそうな目だからあんましこわくない。

「なあにい、どしたん」春がゆっくりとしゃがみ、リビングへ指を差す。「あっち戻ろーよ」

「これ」グミ氏が二本のペンを春へ見せる。「どっちがどっちなんだっけ」

「ええと、濃い方がゴリラ」一本を春が指でトンって弾く。「んで、うしぃのがジェラートだけども」

そう言って一本をグミ氏の手から取ると咥えてジジジと音を出す。

「あれ、じゃあ、しびでぃだけのはどっち？」

「どっちも」春が話し途中で、ふぅ、って口をすぼめて濃い煙を吐いた。「ＣＢＤどころか、バキバキの超ハイグレインポート」

グミ氏が赤い目を丸くして肩をすぼめる。その様子を見た春の表情があからさまに曇った。

「えまさか、吸わせたん？」

「いや、だってルル、前にイキすぎたらしびでぃで落とすって言ってたし」グミ氏がぼくを一べつして声を落とした。「え学校でブリんの嫌だから。ペンはしびでぃしか吸わんって」

「ここ学校ちゃうやんか。え？　てか、おげ。彼のつばついてんじゃん」

「でも春の前がラメで、そん前うちだから」

「そーゆーんじゃないんだけどな」

長いため息を吐いた春がぶつかりそうなくらいぼくに顔を近づけてくる。眉間にシワが寄ってて、とんでもなく充血した白眼の中央の瞳にぼくのシルエットが映っている。そう思ってたら、春がブッって吹き出して笑い始めちゃって、そのせいで顔につばがかかった。すごくたくさん。

「わっは、まじマヌケな顔」春はラメちのお尻を軽くポンポンって叩いて、その勢いで立ちあがるとぼくを見おろした。「水飲んでシャキっとしろって」

顔のつばを手の甲で拭ってると、春はグミ氏の肩に手を置き、「石には無理か」と言ってまたおっきく笑い出した。あまりに春が笑うから、顔をうずめたままのラメちも呼応したのか足をバタつかせて笑い始め、伝染したグミ氏も大口開けて手を叩いた。

みんなが笑っているなか、一瞬鼻がツンとして、手の甲を嗅いだらめっちゃつばの臭いがした。

「キンモ。やば、え、嗅いじゃダメすよ」ってグミ氏に肩をやさしく殴られた。

気づいたら今度はぼくも一緒んなって笑って部屋をにぎやかにした。体のフワつきはこの家に来る前よりおっきくなっていた。

＊

リビングは薄暗く、吸い込むたんび、顔が手巻きの火種に照らされている。映画を観てるあいだ、三人の顔が順番に何度も明るくなっていた。

映画が終わってからずっとスピーカーへ音楽を飛ばしていたグミ氏のスマホに通知が入ったらしく、流れていた曲が止まる。全身をふるわしていた低音がいなくなるとソファの接地面に意識が向いて、体が深く沈んでいることがありありとわかる。なんだか底のない湯船で浮いてるみたいな感じ。

静まったけむい部屋で誰かが「ピザ来た、きゃっほー」と叫ぶ。別の誰かが立ちあがって、部屋を明るくし玄関へ向かった。「傘立ての横に置いといてください」と遠くから聞こえる。

目の前にある、足までガラスで出来たぶ厚い天板のローテーブルには緑色のタバコの葉っぱみたいのが詰まったジップロックやブタの鼻から火が出るターボライター、切れ味良さげのハサミ、お菓子の殻とかペットボトルとかさっきのペンのキャップがいくつも散らばっていたり、タニタのデジスケやお香を挿せるおっきな灰皿、理科の実験で使うようなフラスコみたいのが並んでいて、ピザの置き場なんかほとんどない。だからグミ氏がテキパキと、ラメちがだらだらとテーブルを片付けはじめる。テーブルの下の棚にはもっとたくさんいろいろがはいってる。

ぼおっとしてたらふくらはぎをツンツンされ、「ピザ届いたす」とささやかれる。でも、体を動かす気になんなくてソファに沈んだままでいると、ビニールのカサカサと一緒に足音が帰ってきて、すぐに青臭い匂いはかき消され、暴力的なピザの匂いが部屋に充満し、ぐぅう、って振り絞るみたいにお腹が鳴った。これが本当の空腹なら今までの人生でお腹へったことなんてないかも、ってくらいお腹へった。

またさっきとは別の曲が流れ始める。しばらく聴いて、この歌好きだなって思ったからポッケに手を入れる。久しぶりに手を動かしたかもって気がした。ずっと開いてたのに、ほとんどなんにも映してなかったぼくの目ん玉がぼんやり起動したシャザムを眺め、ブリタニー・ハワードの『ステイ・ハイ』って液晶の表示を読み込んだ。曲に合わせて何気なく口ずさんでるだけなんだろうけど、グミ氏は異常に歌がうまい。うますぎて聴き惚れる。グミ氏の歌だけでもずっと聴いてられる。グミ氏の流す曲は全部聞いたことないけど全部好きだと思った。選ぶセンスが良いってよりか、音楽が大好きなんだろうな、って感じが伝わってくるグミ氏の体の揺らし方や歌声にほだされた感じ。自分がR&Bに共鳴してるのもなんか新鮮でどっかうれしい。それかお酒入りの電子タバコ？　のせいでぼくが酔っ払ってるだけなのかも。視界の端でラメちがチーズをのばしている。

「食べないんすか？」ほとんど目の開いていないグミ氏がポテトを顔の前につき出してくる。

「おごりっすよ、ぺぱろに」

「甘やかしちゃダメ」春が左肩を引いて上体を半身にする。「自分で取れ」

春が左腕を振った。と思ったらあっつい何かが口の横にぶつかって太ももでバウンドした。ぶつかったとこを指でこすったら、指紋が油でテカっている。あ、フライドポテト投げられたんだ。春はコントロールがいいから口に入れてくれようとしたんだ。次こそは、と口を開いて春に顔を向ける。

「はぁ？　拾って食べろし」

拾って口に入れる。うん、おいしい。塩は控えめだけどスパイスが効いてて、うすい衣がサクっと破れると、油とポテトの甘みがじゅわって口に広がった。

「いや、ほんとに食べるなし。うちがヤな奴になんじゃんか」

「でもルルはモモぴにずっとイジワルしてたよ」ラメちが口の中のピザを飛ばしながら無邪気にしゃべる。「モモぴといる時のルルはなんかうちらの知らないルル」

「もう仲直りしたから」春がまっ赤な目をぼくに向ける。「な？」

「ポテトめっちゃうまい。ありがと」

春が黒目だけ上に向けてわざとらしいあきれ顔をつくった。ポテトを飲み込んで口を開けると、今度は首に何かがぶつけられ、「あちゃ、外した」ってラメちの声がする。比べんのがそもそもだけど、ラメちは投げ方もコントロールも成ってない。ぼくの横のクッションの上にこんがりきつね色にメイラードを起こしたナゲットが転がっている。ひろって食べると歯がナゲットを細かくすりつぶしてくたんびに香辛料と衣の塩分、肉の旨味が溢れて、どんどん湧いてくるつばに肉が馴染んでいった。これもうまい。

「食べ物そーゆーふーにすんのなし」グミ氏が個包装されたウェットタオルを差し出してきた。「ほっぺにパセリついてるす」

惰性の睡眠とYouTubeだけの張り合いない生活との緩急もあいまって、音楽が気持ち良いとか、食べ物がおいしいとか、グミ氏が素敵だとか、生きてて感じる原始的なよろこびで胸がいっぱいんなる。でも体はずっとソファに沈んじゃってて、こころはすごい速さでいろんなことを感じて、考えてんのに体はずっと止まってるからそれを表現できない。でもべつにしなくてもいいか。経験ないけど、幽体離脱ってこんな感じなんだろか。お腹は心底ペコペコなんだけど、今ピザなんか口に入れたら刺激が強すぎて、このぬくぬくほかほかしたバイブスが全部ソースとかチーズとか小麦とかの色に上塗りされちゃいそうだからやめとく。かわりに、三人が舌鼓でグルーヴしていく様子をながめる。それだけでもこころは忙《せわ》しなく働きまくる。なんでか涙がこぼれそうな気がした。けど、目が乾ききっててなんも出なかった。でも、鼻の奥がツンってして、しょっぱい鼻水がのどをながれてった。目をつむると空気ん中に自分の輪郭が溶けて、ソファとぼくとの境目がなくなっちゃっていく。そんで部屋と一緒くたんなる感覚。オビ＝ワンとかクワイ＝ガンとか、マスターの境地ってこんな感じかも。あー、曲が終わりそうでさみしい。でもたぶんまたあたらしい好きな曲と出会えるならうれしい。

「ちょ、やばっ。ひかる、全部にタバスコかけんなし」

「かけてないし、ブリってる時はかけた方が美味しいよ」

「やっば、普通に嘘つくじゃん」

「ルル、このへん、かかってなかったよ。うち見てた」

「ありがと。切りわけのオペしなきゃ。あ、ハシねぇわ」

「うちとってこよっか。キッチンのひきだし？」

「え、ありがと。マジ感謝」

「ちぇ、手で食うからうめえんじゃん。わかってねーなー」

「口ん中見せんなし」

「見せてないし、見せた方が美味しいよ」

「ぎゃっは、意味不だけど最高だから許す」

「フォークもいるー？」

「プラスチックの入ってたからいいや。あ、これスプーンじゃん。やっぱフォーク！　お願い！」

「ひかるも欲しい！」

「あんたは手だろ」

「使いたい時もあんじゃん」

「あんなし」

「けちが」

「あ？　じゃ、うちのスウェット返せ」

「それはちがうじゃんか？」

「うぇーい、おまたせー」

「うっわ、天才。ちょうどしゅわしゅわ欲しかったんじゃ」

「はぐちゃんだいしゅき、はおはおー」

「あー、ベトベトの手で触ってやんなって」

「あっは、いいよもう」

「はぐって、まじひかるに甘いよね」

「うちはみんなに甘くすんの」

「いいね、ナイスエモじゃん」

「あんたが言うなし」

「うっぜーなガタガタ、こいつ、ピザのマナーまじなってねーわ」

「なんそれ、ピザのマナーて」

「ナイスエモってこと」

「はあ。といいますと」

「えー、最後の、一枚は、えー、一枚をみんなでちょびっとずつかじる。とか」

「ちょラメ今考えてんじゃん」

「でもモモぴのぶんは残しとこうよ」

「わあ、ずりぃ。それのがナイスエモだわ、はぐせっこ」

「いいよ、ぜんぶ食べちゃおうよ」

「ほら、やっぱしイジワルじゃん」

「いや、見てみってほら。また石んなっちってんだから」

「がっは。寝てんじゃね」

「起きてる。実は。ねえ、この曲かっこいいすごい」

「ま？　クールっすよね、ジェーン・ハンドコック。てか音楽好きなんすか？」

「うーん、ほとんどビートルズしか知らない」

「目閉じたまましゃべんなって、きもちのわるい」

「ねね、目開けて、見てほしいす。この人が歌ってんの」

「わ、なんか、こう、けっこうおっきな人だね」

「ひかるはウチに似てるって」

「え、なんのこと？」

「ほら、前見せたこの曲の人」

「あぁー、ああ。まぁまぁ、このデラックスな感じとかがね」

「確かに似てるかも。歌もうまいし」

「うぇーい、へいへい、モモぴはわかってるっす」

「あ、そうだ。これ、忘れないうちに」

「so I ain't scared to smoke lala」

「え、なにこの二万」

「口止め料」

「いやいやいや、もらえないって」

「そういうのいいから」

「いや、ぼくだって酔っちゃったんだし、言うわけないよ」

「冗談つうじねぇなー、ギャラだって。なんだかんだ七件さばいたし、あと君の自転車、勝手に駅の駐輪場に停めちゃったし」

「いや、え、でも、お菓子でこんな儲《もう》かる？　転売？」

「あー、そう、プレミアついてるらしくって」

「ルル太っぱらじゃん」

「なにが、さっきケチ言うてたやん」

「おめえ、めっちゃ根に持つじゃん」

「ほら、財布入れろって」

「待って、先にトイレ行ってくる」

トイレの横にある浴室の洗面所で口をゆすぐ。お金を受け取ったらここにいる理由がなくなっちゃう気がしたし、めっきりつばが出なくなってて寝起きみたいに口が乾燥しちゃってるから、臭ってるんじゃないかってずっと気になってた。流れで顔も洗う。鏡に映った自分の顔が自分の顔に思えない。泣き腫らしみたいなまぶたがでっぷり垂れてんのになぜか二重は逆にくっきりしちゃってるし、白目は充血してくまなく赤い。口元は意識しないとニヤってほどけちゃうからほんとマヌケな顔って感じ。でも我ながら自分のこんな顔は新鮮で、可愛くすら思えてきてんのがうける。いつかヒゲの濃くなる日が来んだろか。

リビングからバカ笑いが聞こえてきた。ほっぺたや顎の肉を指でつまんで、ひっぱったりのばしたりして、ひと通り遊ぶ。別にしたくてそうしてるわけじゃなくて、どう戻ってどう振る舞うのが自然なのか、ピカってひらめくまで時間をつぶしてるだけ。

扉がノックされ、手遊びが止まる。「大丈夫すか?」って声に適当な返事をしたら「うちもうじき帰るんで」と言って気配はゆっくり離れていった。でも、グミ氏の声色でなんの策もなしに戻ってもいいような気になった。

とりあえず文句だけ決めてリビングへ戻ってみたら、グミ氏がいない。「なげえよ。はぐ待たせんなよ」って春に怒られたけど、ぼくは洗面所にいてトイレは空いてた、って説明が面倒だから謝っとく。ガラスのテーブルにはピザがひとピースだけ残されていた。

グミ氏が戻ってきたら、また来てもいいかどうか、ってみんなに聞こう。って決めた瞬間にトイレの方から短い悲鳴が聞こえた。ラメちと春が笑いながら顔を見合わせていると今度は長い悲鳴が聞こえ、ふたりはリビングから出ていった。何があったのか気になるけど、気になるってだけでトイレに関するデリケートなことへ首をつっこむのもはばかられる。とはいえ、おっきな物音がして、廊下が騒がしくなったから、もうはばかられない。扉を開けて顔を出すと、血まみれの鳴海先輩が玄関でグミ氏に抱きかかえられている。先輩は赤く染まった歯を剝き出しにして春に話しかけた。

「あいつら、姉ちゃんのアパートでまちぶせてやがった。トバシも財布もいかれちったわ、すまん」

そう絶え絶えに言う赤い歯を見て、一日に色々ありすぎたし、ぼくはヘナヘナって力が抜けてその場にへたりこんじゃった。

しみ

受け取ったちゃちなメッキのロケットをパッカって開いたら、透明な樹脂のコーティングの向こうで大仏と目が合った。でも、その目は不気味に半開きだし、僕の自意識過剰かもしんない。

「これ、くれんの？」

「うん。同じ班のよしみ」

昨日はあのあと、グミ氏が帰るついでにタクシーで鳴海先輩を病院へ連れていった。残った春とラメちは何事もなかったみたいにサウナへ出かけ、帰ってくるとゲームしながらフラスコに満たした煙を吸ったり吐いたりしていた。その横で冷えピタを貼られた僕は、ソファで寝落ちしちゃって、気づいたら春に起こされた。ラメちと目をこすりながら三人で家を出た。学校まで歩いて十数分で着く距離に家があったこと、なにより春が、ラメちがほぼ毎日入り浸っているとはいえ、あの家にひとりで住んでいるらしいということに僕は驚いた。

「ただのお土産屋のキーホルダーだし」坊主だから山本くんが頭をぽりぽりってすると少しフケが舞う。「みんなで出せばそんな高くなかったから。ね、大仏の顔のとこ押してみ?」

「よしみって、え、みんな?　いくらだったの?」

ロケットをひっくり返して値札のシールとかないか探してみるけど、すでに山本くんに剝がされた後っぽかった。

「いいのまじで。学級委員には権力がある」

「えぇー、なんかごめん」

「ありがとって言えよ」山本くんの声量がちょっとさがる。「ねぇ、体調はどうなの?」

「別に普通」

「おぉ、良かった。ずっと休んでたから」またフケが舞った。「必修の五科は日数足りなくても補講とか課題の措置ないらしいから気をつけてな。LINEでも送ったけど」

ちょうどポッケがふるえ、スマホを開いたらインスタの通知だった。

〈踊り場来れます？〉

そのメッセは5inger_hugってアカウントからで、誰なのかこころ当たりがないから既読をつけないよう通知へ触らないことにする。けど、そわそわに勝てず、開いてみたらフォローされているけど僕のフォロー外だった。

「体育は欠席回数ぶんだけ外周すればいいらしいよ」

ストーリーやハイライトは生きてなくて、投稿もフロアから撮影したようなミラーボールの写真一枚きりだった。

「でも水泳の時は一回で四〇〇メートル泳がされるらしいよ」

「やばいね」

「だろ？　しかも女子は創作ダンス。それに体育ってほぼほぼ毎日みたいな感じじゃん？」

ブブってまたスマホがふるえて、〈二階の玄関側の方でお願いします〉のポップアップ通知が表示される。

「だからなるべくちゃんと学校来た方がいいと思うんだよな」

「うん、そうだよね、そうする」ロケットを持ちあげて、席を立つ。「これありがとね」

教室を出る時、「おい、もう授業始まんぞ」って山本くんの声が背中に聞こえた。

廊下を歩きながら誰に呼ばれたんだろうかって考えてると、歩調とは別のテンポで心臓の動きがおっきくなった。胃がせりあがるのを感じながら踊り場へ着くと、やっぱしグミ氏がいて、僕が階段を降りてるあいだ、指で作ったキツネをこっちへ向けながら待ってて、「うぃっす」って言いながらキツネを近づけてくる。顔に熱を感じながら僕もキツネを作ってグミ氏のキツネと口づけさせる。

「あは、覚えてたっすね」今度はハイタッチの構えになる。「ルル今からくるんで」パンって音で応え、「どうしたの」って尋ねる。

「昨日ヤじゃなかったすか？」

「なんで、確かに疲れたけど」

「そすか。あの、ウチら無理させたのかなって」

「はあ。別に全然だけど。ね、鳴海先輩は大丈夫なの？　警察はなんて？」

グミ氏の顔にくっきし影ができた。

「まぁ、骨とか折れてないらしいんで歩けるなら学校は来ていいらしいっす。警察には行ってないす。あの、その事で、ルルには話したけど謝らなきゃって思って」グミ氏は体を反らせ、下の階の方をのぞき込んだ。「あ、来たっす」

春が、「うぇいー」って言いながら胸で両手をクロスさせてあがって来る。グミ氏も暗い表情のまま腕をクロスさせ応えた。グミ氏とリズム良く手を叩き合った春は、かしこまった感じで僕へうなずいた。

三人が踊り場へそろうとグミ氏が話し始めた。昨日ラメちがくれたクッキーに塗ってあったバターのこと、その作用のこと。そして春と配達したお菓子や昨日吸ったタバコのこと、もし見つかったらどうなっていたかということ。駆け込む場所のないうしろ暗い人間は常に狙われるリスクが付きまとうこと。ガサが入っても両親に迷惑がかからないよう、あの家は春のお兄さんとまどかさんがネタの置き場として他人名義で借りたということ。鳴海先輩は前に春とは別の仲間とそれを配達していたこと。鳴海先輩が言うには、昔の仲間は少ないパイを奪い合う同業者をよく思っていないこと。そんなおっきくて硬い、到底飲み込めない内容を、僕は初めのうちはなんとか嚙み砕こうとしたんだけど、途中からボロボロの鳴海先輩が頭ん中で赤い歯を見せつけてきたからあきらめた。春はグミ氏が話しているあいだ、腕を組んで床をにらんでいた。

グミ氏が話し終えると、「全部言っちゃうんだね」と春がぼそっとつぶやいた。

「じゃあ、知らないうちに、僕は捕まるかもしれないのに、それを摂取した状態でそれを売りさばくのに加担して、しかも、」話しながら体の力が抜けちゃっていた。「もしかしたら襲われてたのは僕だったかもしれないってこと?」

「そうっす、その通りっす。なんかノリで誘っちゃったすけど、ナルミン、あ、鳴海先輩がああなっちゃったんなら、うちはもう隠すのは良くないと思って。つか初めは隠してるつもりじゃなかったんですけど、で二人を呼んだっす。すいませんした」

頭がまっ白で、うっすら耳鳴りがする。

春が腕を組み直していると、グミ氏が肘で春の脇をつついた。春はめんどくさそうに頭を掻いたりしながら話しだす。

「まぁ、詳しく話さなかったのは、なんかあった時になんも知らなかったら話しようがないからで、別に隠してたわけじゃなくてある意味守ってたっていうか、まぁ、お互いのため？」

「なんか違う。そうじゃなくない？」グミ氏の声がふるえている。

「ごめん、はぐみ。でも別に、」

「全部気づいてた」

ふたりが同時に目線をあげた。

「普通のタバコじゃないんでしょ。そんくらい察するって」こころと裏腹に何故か笑いを抑えられない。「あの二万なんかダメ押しじゃん、口止め料って、はは。言っちゃってんじゃん」

「あ？　なに？　おかしいかよ」

「おかしいよ。法律違反じゃん」

「だから？　んなの自分で決めたんじゃないし、とっくに死んだジジイどもが作ったルールなんて知るかよ」

「なにそれ、もう普通じゃないよ」

「はぁ？」

　グミ氏は黙ったままで、僕を見たり、目を逸らしたり、また僕を見たり。春は必要以上に顎をあげて僕を見おろしている。

　風が吹いたのか、どうやって開くのかわからないくらい高いところにある天窓の外で、枝がざざあって揺れるから三人へ射す光もちらちら揺れた。

「なんで僕を誘ったのかわかるよ。僕だって自分以外は見下してるし。あんな痛いとこ出くわしたら声かけるよね。まあ春は渋ってたけど」

「や。そうじゃない。そうじゃないっすよ。けど、すいませんした」

「そうじゃなくないでしょ。危険なことさせるのにこころ痛まない都合のいいやつとして僕がのこのこ遠足に置いてかれてたからでしょ」

「そんなん思わんすよ。あれは、ラメ、ひかるが調子乗って深く考えずに提案しただけっすよ」

「いや、あってるよ、そうだよ。誰がすき好んでてめぇみたいな情けねぇのに声なんかかけっかよ」春がすごい力で僕の胸ぐらをつかんだ。「んだよその目。そうだよ、逆ギレだよ、文句あっかよ。グミがお人好しだからってつけあがってんじゃねえよ、あ？」

血の昇った春の赤らんだ顔が目の前にある。僕は視覚と聴覚以外の感覚が麻痺して、ただ相手の声と自分の鼓動が内側でふるえるだけの空洞になったみたい。

「自分以外は見下してるって、ばかか。んなん見下されてるだけだろ。勘違いすんなって。しょうもねえ」つかまれていた手が離れた。「くだらねえんだよ。なんではぐが話したのか考えろぼけ」

シャツをはなされたかわり、ドンって強く肩を押され、反動で尻もちをついてしまう。着地の衝撃でなぜかポッケから木魚のリズムが流れ出して、いっそう春が眉をひそめた。

「あのさ、お前みたいに他人にどう見られるかビクビクして暮らすのが普通ならさ、いらねえんだよまじ。ひとのことより自分のことだろ」春はため息を揺らしながら吐いて、グミ氏をのぞき込んだ。「ほんとごめん。昨日のタク代ぶんおごるからナカムラ行こ」

うなだれたグミ氏がコクンって一回頷いた。

春がグミ氏の肩を抱いて階段を降りていく。振り向きざまに中指を立て「チクったらぶっ殺すかんな」と僕は吐き捨てられた。

二人の足音が遠くなるにつれ、木魚のリズムにお経が被さり、数小節続くと最後におりんがチーンって鳴って無音になった。踊り場の隅にはほこりがふきだまってて、突いた手のそばでよくわからない脚の長い虫がお腹を上にしてひからびている。見えてなかっただけで、ふと顔をあげると僕が降りてきた階段は汚いし、滑り止めのゴムは黒ずんでるし、両脇は髪の毛やプリントの切れ端、ホチキスの針や折れ曲がった画びょう、割れたボールペンの欠片《かけら》だとかが積もっている。そんなんばっか目に入ってくるな、って思ってたらチャイムが鳴って、それを合図みたいにして、体が勢いよく立ちあがった。二段も三段も階段を飛ばすから、一階へ降りる時に足首がグリッチョしたけど、足より胸の方がズキンてする。だから痛いのなんか構ってらんなくて、ただふたりを追いかけた。

昇降口をとぼとぼ歩くふたりを見つけ、引きずった駆け足が速度をあげる。リズムの狂った足音にふたりが振り返る。話すことなんてちょっともまとまってないのに、気づいたら声が先に体から飛び出していた。ごめん、って言ったつもりなんだろうけど、ふるえちゃってるし湿ってるしでなんて言ったのか自分にも曖昧でよくわかんない。というか言葉ですらなくてこんなのはただのどのつまったうめき声か。

グミ氏の申しわけなさそうな視線が刺さって痛いし、春の冷たい目には言葉をつづけなくさせる力がある。

「すいませんした」みかねたのかグミ氏がまた頭をさげてつむじを見せる。「巻き込んじゃって」

捕まったり、怪我すんのより、じっと部屋で身をひそめてる時間のがこわい。伝えたいことがのど元で渋滞を起こしちゃって、返事の代わりにしゃくりあげのつるべうちで、下手なレコードのスクラッチみたいな嗚咽が反復した。

グミ氏を押し退け、春が前かがみんなって僕へ顔を近づけ、マスクをずらした。

「うちらのことも見下してたんなら普通に終わりだから。そんだけ」

「ちち、ちがうう。え、あ、あっあ、あありがと、って、いい言いた、かかかったの」

春が肩をすくめてグミ氏を見る。そして髪をかきあげた。

「だあー、おい、もう泣くなって」春はかきあげた流れで後頭部を掻く。「んだよ、ウチが悪いことしたみたいじゃん。したのか？　まぁ、こっちもごめん」

「うう、ま、またあぞびにいっでいい、んっぐう」

目の前にむらさき色のハンカチが差し出される。でも、受け取る前からそこへ何滴も垂らしちゃって、濡れた部分の色が濃くなった。しかもすすったのに鼻水も混ざっちゃっていたたまれないし、受け取れない。

すすんって鼻が鳴り、ようやく、「ご、ごめん」が口を出た。

「こんなんいいんすよ」とグミ氏がハンカチをさらに突き出してくる。「使ってください」

「そ、そうじゃなくっ、ぐてえ」言葉の続きを嗚咽が引き継いだ。

「わかってるす、もう謝んのいいっすよ」グミ氏がほっぺたを拭いてくる。「またヤサでチルしましょ。腹減ってるすか。もう五限すけど」

のどがふるえるせいで、声が音になる前に気管へ吸い込まれる。春がめんどくさそうなため息をついた。

「腹減ってるかって聞いたんだよ、しゃきっとしろって」春が僕の腰の辺りを勢いよくはたいた。「な、痛《い》った。固《かた》ってぇ」

春が手をぷらぷら振る中、はたかれた衝撃でポッケがまた木魚のリズムを刻み始める。ポッケからロケットをつまみあげるとタイミングばっちしにお経のパートが明瞭に響いて、不意打ち過ぎたのかふたりが笑っちゃうし、僕も決まりが悪いしで、つられて笑ったら鼻水がドバって吹き出た。

「うわきったね」春がおおげさにうしろへステップして廊下がキュって鳴ってスリッパが脱げた。「ガキんちょが泣く時のやつじゃん」

「ちょ、もう、春」って言いながらとうとうグミ氏が鼻にハンカチを押し当ててきた。「渋いっすね。それ。ぶっだましーん?」

「よご、よご、汚しちゃっ、た、うっう」ハンカチを避け、袖で顔を拭いながらロケットを
グミ氏へ差し出す。「かわ、代わりに、ぅ、あげ、あげる、うう」

「いいんすか?」

「かまく、らのおみ、すす、うう、うわあ、お土産でもらったややつ。だから」

「じゃあもらえないす。洗って、ウチに渡しに来てほしい」グミ氏がゆっくり体を低くして
顔をのぞき込んでくる。「チャーハン好きすか? ルルの奢《おご》りっす」

春が舌打ちする。

「いい、いいいの、お?」

「ほんとはラメちもくるはずだったんで」グミ氏が春を見る。「ね?」

「うぐう、なが、ナカムラって、ああが、出てすぐの、どご?」

「そうっす。並でも量イカついんで、残しちゃダメっすよ」

「え、おま、一年以上通ってて行ったことねえのかよ」

グミ氏が自分の靴箱に向かい、「レタチャがエグちす」って言いながら上履きを履き替え
る。春はスリッパのまま昇降口から出ていった。

沈みかけた陽が吉祥寺駅の公園口へぬるい風を吹かせた。春の身長はその雑踏でも目立つから、人混みに揉まれる彼女を僕が先に見つけた。気づいた春が立ち止まり、僕に向かって手をあげて、親指と人差し指、中指を塩をまぶすみたいにすりすりしてみせた。人混みをかきわけてようやっと春のとこへ着きかけたのに、ついてこい、って感じに手招きして、また春は行ってしまう。長い足が歩調をあげると追いつくのに小走りが必要だった。

こういう取り引きって、裏路地や往来のない駐車場、廃工場だとか資材置場みたいな人目につかないとこで行われているイメージだったけど、ここ数日は人通りの多い駅前や公園がほとんどだった。でも実際、木の葉を隠すならなんとかって感じに制服姿の僕と春はすんなり街にとけ込んでいたし、さすがにこんなとこで鳴海先輩みたいにさらわれて袋にされることはない気がする。

バス通りを横にそれた路地のコインロッカーで、春が荷物を出し入れしてて、「あと何件？」って尋ねても返事がない。開いた扉の陰になって手元が見えないからのぞき込むと、額がバラバラの紙幣を器用に数えていた。結構な厚さの束から引き抜いた何枚かをブレザーの右側のポッケに入れ、また何枚か引き抜いて今度は左のポッケへ入れる。チラッとこっちを見やると、また何枚か抜いて今度は僕に差し出してきた。

「今日のぶん」春がそれをグッと近づけてくる。「はよとれや」

ありがと、って受け取りながら、「今日はもう終わりなの？」って尋ねるけどまた返事が来なくなる。

「ねぇ、お菓子の箱って未開封ぽいけど、誰がどうやって詰めてるの？」

春は手に残った札束を二つに折ってロッカーの中にある革の鞄《かばん》みたいのへ押し込んだ。

「あの緑色のマンションにいる人？　それがスアンさんって人？　てか中身って誰がどこからもってくるの？」

ジジってファスナーの閉まる音が聞こえると春が僕を見ずに僕へ手をのばしてきた。寄越せって意味を読み取って、お菓子の箱がまだいくつか入っている紙袋を春へ渡すと、クルッとそれを丸めてロッカーへ押し込み、バタンって扉を閉めるとロッカーが英語で何やら喋った後にピピっと鳴った。ガチャガチャ、って施錠を確認した春がようやくしっかりと僕を向いて、「おつ」と言った。

「あとさ、そういう話、外ですんな。まじで」

「ごめん」

「悪いけど言えないし、言わないから。信用してる、してないの次元じゃないんだって」

「あぁ、わかった。例のパターンね」

疲労の混じったため息を吐いた春がまた駅の方へ向かう。とりあえずついてくと、「うち、タクるんで」って言って歩みがさらに速くなった。

「まだ、ちょっと明るいし西園でキャッチボールでもする？　肩なまってるっしょ」

「はぁ？」って声と一緒に立ち止まった春が、「君と？　ありえないから」と振り返らずに言う。

「じゃあ、乗り場まで送るよ」

「いや、そこだし」春の表情はうしろからでも声で伝わる。「ネタもアガりもしまったし、別にもうタタかれたりとかないんで」

そこに黒服に水色のはっぴを羽織ったおっさんが、「学割でカラオケどう、フリーならカップル割あるよ」ってチラシを持って近づいてきた。

「学割だって」チラシを受け取って春へ見せる。「みんな呼ぶ？」

春は僕にでもおっさんにでもなく、あっちいけって感じに顔の前で手を払った。おっさんは明らかにムッとした顔で去っていく。

「みんなヤサいっから」

「そう。あ、ご飯買ってく？　餃子美味しいとこ知ってるよ。焼かなきゃだけど」

「あのさ」また春がため息を吐く。「来たいなら来たいって言えばいいじゃん」

「え、いいの。行きたい」

闇こえた。


「むり。それにグミは今日ボイトレ」

「なんだ。でも行っていい?」

　春は、「なんだ、ってなんだよ、キモいなあ」そう言って中央線の高架下のタクシー乗り場へ足早に歩いていき、先頭の車両をノックして乗り込んだ。発車しないし、扉が開きっぱだから乗っていいってことなのかと思っていざ駆け寄ると、さぁってスライドが動き始める。閉まり切る直前に運転席側へ詰めた春の、「だから、もう一人乗るってば」ってがなり声が聞こえた。


　ヤサのたたきには、春が脱いだのと別に超厚底のローファーと汚れた白フォースが脱ぎ散らかってて、自分のを脱ぎながらよく見たら泥だと思ったフォースのシミはたぶん血だった。先にあがった春が、「鍵かけといて。あと足も洗えよ」と言って洗面所へ入っていく。リビングの方からはいつものようにゲームの音がもれている。言われた通りに鍵をかけて僕はエライ。

　濡れた素足で、おつかれ、って言いながらリビングへ入るとパームエンジェルスの柄ジャージを着た男が、プレステのコントローラーを握りながら咥えタバコで僕を一べつした。男の頭には包帯が巻かれていて、鼻筋や口元にはガーゼが貼ってある。男の横でラメちが、

「うわ、くそ、死ね、ナル、役立たず」とか言いながらゲームに熱中していて、僕に気がつくと、「おっつー」と言った。

「なんでお前がいんの？」男はコントローラーを太ももへ置き、手をのばしてタバコをテーブルの上のレッドブルの缶へ落とした。「え、どゆこと」

声でようやくそれが鳴海先輩だとわかった。口元のガーゼは血が染みてんのかチョコみたいに茶色く滲んでいる。これはほんとのタバコの匂いらしくって、近くだとこんなに臭いのかって驚く。

うしろから来た春が鳴海先輩と拳を、パンパンって何度かぶつけ合う。鳴海先輩は痛がりながら春を見あげ、「なんでこいつおるん？」って顎で示して尋ねた。

「見張りじゃんか」春はブレザーの左のポッケから数枚のお札を出して先輩のあぐらへパラって落とした。「あんたの代わり」

「え、いいの？」先輩は拾って数えている。「まじ？」

「うん、見舞金」

「じゃなくて、こいつでいいの？」

「知るかよ。そいつに聞けって」

数える手を止めた先輩がまっすぐ僕を見つめている。右の白目は血管が破れたのか血の塊が浮いてて痛々しい。にぎやかなラメちの声とわずらわしいゲームのSEがふたりのあいだの沈黙を埋めた。

「押しは、」反対の目は単純に吸い過ぎなのか、普通に充血している。「いつから手伝ってんの？」

「先輩が来れなくなった日からです」

「あーね。じゃ、もうフツーに稼いだ感じ？」

「基準がわかんないですけど」記憶を頼りに指を折って計算する。「クビんなったドーナツ屋のバイトひと月ぶん、四、五日くらいで超えました」

「へぇ。足は？」

「足？　えっと、ほとんどチャリ。今日はタクシー。昨日は春がスケボーで僕がペニーでした」

「ふーん」先輩があぐらをほどいてひざ立ちになる。「これ見てみ」

先輩がジャージの上を脱ぐと、半袖から伸びた両腕にはいろんなところにアザがあって、紫とか青とか黄色に変色している。顔をしかめた僕を見た先輩が今度はシャツをめくって、お腹一面にひろがったアザやすり傷をあらわにした。

「ど、自信無くしちゃった？」先輩がシャツを戻している。「春は人差し指いかれてたな、入学してすぐ」

ゲームの銃声が鳴り響いて、ラメちが、「ピースにいかないもんかね」ってボソッとつぶやいた。ゲームを中断したラメちは先輩の使っていたライターを拾うと、そばにあった水の入ったフラスコ——ボングって言うらしい——を持ちあげ、吸い口の部分へくちびるを押し当てながら底の方からのびた火皿へライターの火をかざし、ボコボコと音を立てながら中に濃い煙を溜めた。

「一応これ」春にもらった鉄の重いペンを取り出して見せる。「これがあります」

先輩は受け取ってしげしげとながめ、尖ったとこを自分の手のひらにツンツン当ててみたりしている。その横でラメちがボングに溜めた煙を一気に吸い込んだ。

「こんなん、いざって時、人に刺せんの？　肉に食い込むのとかグロくない？　それにとられたら使われんぞ」

ファスナーを首元まで締め切った先輩が、「バイト気分ならキビいって、まじ。パクられんだから、普通に」と言った。

キッチンの方で、冷蔵庫を開ける音が聞こえてくる。閉める音がゲームの爆発音に重なった。先輩が二本目のタバコへ火をつけた。春がレンジを回したらしく、ブーンって音がうっすら部屋をただよっている。ラメちはずっと咳き込んでいる。

「負けたことないんです」

先輩は、「え?」と言って少し考えてから、「それうけるな」と笑ってタバコの煙を吐いた。

「路上無敗なんだ、実は」

「や、試合です。春とバッテリー組んでたことあって、卒業までの二年くらいキャッチャーでした。あとケンカも無敗です。したことないんで」

「お前ら。あー、その繋がりなわけか。で、今の話とどう関係あんの?」

「わかんないす。けど、春の球、もうめっちゃ速いんです、めっちゃ。そのぶんコントロールやばかったけど。だから僕も同級生もほとんど捕れなくって。でも僕は脂肪でぶ厚かったから捕れなくても体で受けて壁んなって止めてたっていうか」

「だから打たれ強いって話?」

「体が痛いだけならもしかしたら我慢できるかもって感じです。いや、どうだろ、わかんないすけど。やっぱし今の忘れてください」

「なんだよ、スポーツ感覚かよ。ルールないからね、ストリートは」

「ヒュー」ラメちが変な声で冷やかす。「ルールナイカラストリートハ。だって、がっは」

先輩が居心地悪そうな顔をラメちに向け、わざとらしく舌打ちをした。

「つか春が言ってたんですよね」僕の言葉に先輩が向き直る。「誰もなんも悪いことなんかしてない、って。まぁ、だったらいっかなって」

先輩はついたままのタバコを缶へ落とし、またお札をいじりだして、数え終わるとそこから万札を二枚抜いて僕へ差し出してきた。

「え、なんすか」

「ボーナス」

「いやあ、自分のぶんもらってるんで」

「まいいから。口ん中もまだ腫れてるし、俺まだしばらくこんなだろうから」先輩は小鼻を掻いている。「今体張ってんのお前でしょ」

迷ったけど、お辞儀をして受け取る。ギャラは銀行に入れるな、って春に言われているから、ふくらみにふくらんだ財布へ無理やりにお札をねじ込む。

「しょうもない嘘ついてんじゃねえよ」湯気が昇るマグカップ片手に春が戻ってくる。「うち、君が捕れるような球しか放ってなかったじゃんか。どんな脳みそだと試合に負けたことないとか球、体で受けたみたいなわけわかんねえ思い出ができあがんだよ。何がコントロールやばいだよ、やばいのはお前の頭だから」

「嘘じゃないじゃん。だって負けたことなかったじゃん」

春は無視してぐつぐつのマグカップへ息を吹きかけている。

「嘘ついちゃったん？」ラメちが一瞬画面から目を離した。「ひかる、嘘つき嫌いよ。わ、不意打ちかよ、くそてめオラ」

「ついてないよ。春の球、速かったもん」

先輩が散らかったテーブルの上の物をガサっと四隅へどかして、生まれたスペースへ床に置いてあったハガキくらいのおっきさのトレーを置いた。

「うち、試合で本気で投げたことなんてねえから」

「でも勝ってたじゃん」

「本気じゃないんだから勝ったも負けたもなくない？」

先輩はテーブルの端に寄せられた色々な物の中から乾燥した植物のつぼみの塊が詰まったジップロックを取り出すと、ひとつかみぶん取り出してトレーに広げ、指でその塊をバラバラにほぐし始めた。

「なに、なんでキレてんの？」

「キレてねえし、あきれてるだけ」

「いや、さっきから言葉チクチクじゃん」

またテーブルの四隅を物色した先輩の手がロウのキングサイズを引っ張り出し、一枚抜くとその折り目に沿って砕かれた青緑の欠片が、一列に、器用に敷かれ、そのこんもりの続きに何回も折り畳まれた厚紙がフィルターみたいに置かれた。

「知るかよ。まぁ君の学年へボばっかだったもんね。勝てりゃなんでもいいんだよね。年下を試合に引っ張り出して手抜きで投げさせて勝って、そんで喜んで未だに思い出話にする代だもんね、君。そりゃ情けないやつに育つわ、納得」

「もういいじゃん」先輩がペーパーを巻いて余った最後の部分をペロって舐めて糊付《のりづ》けしている。「いつの話で揉めてるわけ、まじで。今日は俺を慰める日でしょ。いたわろうよ、さらわれて体ズタボロなの、もう争いはこりごり。察し悪いね君ら」

ラメちがチラッと先輩の様子をうかがってゲームをポーズし、コントローラーを置いて先輩の巻いた一本をうしろから奪ってパクッと咥えた。

「あ、ちょ。お前ほんと舐めてんだろ」

「ちゅぱちゅぱ」

「うわ、舐めてる音だ」

「ちゅうちゅう」

「もうそれは吸っちゃってんじゃん」先輩がラメちの咥えた太い木の枝みたいなタバコの先端へライターの火をかざす。「ま、ってことで、一服して落ち着こ」

すぱすぱっと二、三回吸い込んだぶんの煙をラメちは肺に溜め、吐くのを我慢しながら二本の指で枝を挟んで先輩へ返した。受け取った先輩も何口か吸う。そのあいだにラメちがボハーって言いながら吐き出した煙が天井へ昇る。吸い終わった先輩は灰を缶へ落としてから春にそれをまわす。春は二人ほど煙を溜め込まず、かわりに何回も吸って、吐いてを繰り返した。そのたんび、火種が橙色に明るくなる。そして激しくむせ込んで、つらそうな顔で僕に枝を渡してきた。受け取って、見よう見真似で煙を口に入れる。空気と一緒に吸いこむ。ちょっと待って吐き出す。のどがガッと焼けて春に負けないくらい強烈な咳が間断なく出続ける。先輩がニヤニヤしながら僕の指から枝を抜き取ってまた軽く吸うとラメちへまわした。そんな感じに全員で咳き込みながらバトンを繋ぎ、一本がなくなる頃にはみんなすっかり出来あがっちゃって、ソファや絨毯《じゅうたん》と一体化してしまう。換気をしてない部屋は天井までもくもくが充満していて、見通しの悪くなった部屋をぼーっとながめてると、春と言い争ってたのが遥か昔みたいな感じがしてきて、これはたぶん煙に巻かれたな、って思った。

「ね、おかわり巻いちゃおうかな」

「よろ」

「ぼくもういいです、のど限界」

「うちは勝手にボコボコさせてもらいます、よろしゅう」ラメちがテーブルの下からボングを出した。「なぁルルはん、もっとハイになりさらしましたらサウナ行きまっしゃろ」

「ごめん、今日はパス」

「いいなあ、サウナ」

「お前も行けばいいじゃん」

「体痛いし、包帯取り替えたりダルいじゃん」

「先輩、ほんとに大丈夫ですか、さっき便器に血ついてましたよ」

「おま、はぁ、デリカシーねぇわ、ねぇ春さん」

「死ね」

「あ、痛って、なんで俺蹴んだよ」

「ほんなら三名はんはお留守番、よろしゅう」

「なに、なんなのそのしゃべり方」

「わがこころの京都人でっせ、ジョイントの力で混迷のうつつへ舞い降りたでやんす、おま」

「あは、意味わかんね。ゲームやり過ぎ」

「つか風呂どおしてんの」

「入ってない」

「くっさ。汚《き》ったねぇ」

「治ったら一緒にいきましょうよ」

「やだ、童貞うつされる」

この部屋へ来ると必ずしらふじゃなくなるから、五分とか十分は永遠みたいに長く感じるのに、だらだらしてると一時間とか二時間は一瞬で過ぎ、週の半分くらいは気づいたら寝落ちして朝方に目が覚める、みたいになっちゃってて、あっという間に梅雨に入った。

しっけ

一応は客商売らしくって、お菓子の箱を濡らすわけにはいかないとかなんとかで雨の日は客への指定場所は駅構内だったり隣接の駅ビルって感じに屋内が選ばれた。一日に何回も長い距離を移動するのは効率が悪いのか、一箇所を拠点に時間をずらして客を呼び出して対応した。でも待たせるのが鉄則らしく、春は、「それがセオリー」とか言って、わざと毎回遅れて客のとこへ出向いていった。場所や時間を決めてんのは春の場合もあれば、みんながスタッシュとか倉庫って呼んでる緑色のマンションに住むスアンって人がその都度電話で決めている場合があった。未開封に見えるお菓子の箱へネタを忍ばせているのもたぶんスアンさんなんじゃないかと思う。

やっぱ相変わらず、春には必要なことしか話してもらえないから、一緒に行動する中で手がかりを拾い、勝手に欠片をつむいで全貌を推察するしかなくって、ネタの品種——結構いろいろあるらしい——だとか料金だとか予約のルールや段取りみたいな細かいことはいっさい知らないまんまだった。

前に一度、井《い》の頭《かしら》公園で次の客との待ち合わせまで、Switch でスプラしながら春と時間をつぶしてたら、ついさっき対応した客が戻ってきて鉢合わせちゃったことがあった。大学生風のヒゲロン毛の客は春に何ごとか話しかけてきて、春は迷惑そうに少し応えたけど、「つか、そういうの全部固定に書いてんで。もう行ってもらっていいすか？」と彼を追い返した。

その時に春と客の会話で聞こえてきた、手押し、ってワードを試しにSNSで検索してみたら結果に目が回った。世の中にはこんなにたくさんの売人がいて、てことはつまりその何倍もの人数の需要があるわけで、目に見えたり聞いたりしたものだけで捉えていた世界がすべてじゃなくって、その裏には、というか普通の人が合わせるピントの外側にはまったく僕の知らない世界がぼやけて広がっている、そんなあたりまえのことを実感として今さら理解したし、気付かないうちにそんなとこへ踏み込んでたっていう自分の状況もようやっと把握した。

位置情報を近所にしぼって検索したら、おんなじ屋号をユーザー名の@以降に標榜《ひょうぼう》している複数のアカウントがひっかかって、組織的に動いている場合もあるっぽく、もしかするとヒットしたいくつかのグループのうちのどれかが鳴海先輩のいた、一家、ってグループなのかもしれない。

個人で活動しているアカウントもかなり多くて、そのうち結構な数のアカウントが、タタキ警戒中、って決まり文句をプロフィールとかに書いていた。どうやら表立って警察を頼れない売人に対して客のふりで近づき、ネタやアガりを狙う強盗なんてのはありふれた話らしい。そんなことを生々しく思い知ると、血まみれの鳴海先輩が脳裏に現れ、そのシルエットがこころを重くよどませた。

春がスマホを操作している時に何度か盗み見した限り、大抵は秘匿性の高いとされるメッセージアプリを開いていた。だからたぶんＳＮＳで募った客をそのアプリへ誘導して連絡を取るのだと思う。

そのメッセージアプリの名前をググってみると、摘発された窃盗団や特殊詐欺グループのメンバーが連絡手段として使っていた、って記事がいくつもヒットしたから背中がヒヤッと冷たくなった。でも、僕らは明らかな被害者を生んでるわけじゃないし、むしろ正義をもっているような春の佇まいにそんな極悪な加害者ってバイブスを感じたことなんてなかった。

いろんなリスクをお腹にのっけてみると、フォーカスのぼけた身の回りの景色が解像度をあげちゃった。だから、この頃は春と一緒に街にいるあいだ中ずっと緊張感がみなぎるようんなっちゃって、胃がきりきりちぢんだり、逆にふくらんでえずいたりしはじめた。でも、そのぶんヤサでみんなと過ごす時間がくつろぎになっていったし、そんなふうに思える人や場所、時間が自分にもできた、ってことに鼻歌スキップが止まらなくなっていた。

そんな感じで仕事熱心にあんまし家に帰らずにいたもんだから、やっぱお母さんは心配しちゃったらしく、夜になるとよくLINEを送ってくるようになった。元々重要なこと以外はあんまし連絡を取り合ったりしてなかったから〈今日は帰ってくる？〉みたいな内容がいちいち胸にチクっちゃって、うしろ暗さに向き合いたくない気持ちのせいでLINEを開かないようにしていたら、しばらくして何件も未読が溜まっちゃって、そうなると塵も積もればって感じで負い目が富士山級にこんもりしていた。

親戚付き合いとかも希薄なぶん、中学から今日までふたりで強く支え合い過ぎていたというか、言葉にはしないけど絶対大丈夫な絆を信じ合える人間が気づいたらお互いしかいなくなっていたし、すがるみたいに許し合っていたから、そのぶん、片割れのどっちかの生活やその中で生まれる感情が急に変化し過ぎたらそりゃバイブスが合わなくなっちゃうのも当然かもしれなくって、帰ってもどこかぎこちない会話しかできなくなっちゃってた。

僕は感謝してるし、しきれないし、その気持ちもたまに伝えるんだけど、自分だって好きにしたらいいじゃん、とかって気持ちも同時に抱いちゃうから複雑で、それに家族とはいえそれぞれの人生もあるっちゃあるわけだし、僕だって好きにしていいはず。なのに、その好きにした結果がお母さんをさみしくさせてんならお腹痛いし、たかだか植物ごときで僕が捕まったりなんてしたらお母さんはひとりぼっちになるのかも、って考えるとこわくなる。でも、じゃあどうすりゃいいの、っていうか、つまりお母さんとどう接していいのかわからない。わからないことは少し寝かせたいから僕は家に帰ったとしてもなるべく眠るだけになっていた。

南米辺りで蝶たちが反乱を起こしたせいで記録的な台風が首都へまっしぐらに向かってきた。明日の朝方には直撃だとかなんとか。学校は前日のうちにリモートじゃなく休校を決めた。春も明日のぶんの予約はキャンセルか明後日以降にリスケして、授業もないのでグミ氏とラメちを呼んでお泊まり会をするらしい。数人だけ今日に前倒したけど、元々の予約と増えたぶんも合わせて陽が沈み切る前のうす暗いうちに用意したネタはさばけた。天候の荒れる前に、拠点にした武蔵境《むさしさかい》駅前にあるプレイスって児童施設で僕と春は解散した。

家へ帰ると、靴箱の上にお母さん宛ての封筒が置きっぱになっている。二、三日前に、〈スクラッチ当たった〉って表に書いて五万円を包んだのが中身もそのままで、なけなしの思いつきの親孝行は放置されていたっぽい。家ん中は明るいし、お母さんはもう帰ってきているみたいだけど、ただいま、と声を出しても返事はなく、僕の部屋の扉が半開きになっている。胸をざわつかせながら部屋へ入るとやっぱしお母さんがいた。僕のベッドで片方の足を垂らして横んなっている。スーツ姿のままだとほこり付いちゃうかなって迷ったけど、タオルケットを掛ける。いびきまでたてちゃってるし、かなり疲れてるんだなって顔を見ようとして心臓が口から飛び出しそうんなった。余ったしもう古いネタだから、って春が僕にくれた中身の詰まったパケが机の上に出しっぱなしだし、まどかさんがくれた、ペンよりワット数が高いというモッドとかいう喫煙具もその横に並んでる。急いでひきだしにしまったけど、もう見られただろうし、もしお母さんが玄関の封筒とこれを関連付けていたら、って考えると脇に汗がにじみ始めた。お母さんがどんな風な価値観をもっているのかなんて想像もつかない。まっしろにキャパりながらも起こさないよう静かにあたふたしてるとお母さんはもぞもぞして、壁側に寝返りをうった。唾を飲み込んで寝相を見てたら、タオルケットが掛けられていることに夢うつつながら違和感を抱いたらしく、「あれえ?」とか言いながら、のそっとお母さんは体を起こした。

「うわ、寝ちゃってたごめん」僕を見つけると目をこすり始めた。「いやね、部屋をね、もし荒れてたら綺麗にしたげようと思っただけで」

「勝手に入んないで」

「だってあんた最近全然家いないじゃない」

「勝手に入んないで」

「ゴミだって出さないし、また溜めてんのかと思って」

「うん、勝手に入んないで」

「また床見えなくなってから手伝わされるのいやなのよ」

「開けたらゴミないってわかんじゃん。てか開けんのも無理だから。早く出て」

お母さんは天井に向かって腕をのばすと、変な声をしぼりながらまたベッドへ倒れた。

「もう、寝んなって、早く出てよ」

「あんた、隠し事してんでしょ」

こころんどっかで構えてたはずなのに血の気が引いちゃうから、言いわけの言葉がのどにつっかえて、自分でもどうかと思うくらい大げさにうろたえちゃった。そんな僕がおもしろいのか、お母さんはくすくす笑い、なんかしら話し続けているけど、まじで頭に入ってこない。床からまだ臭わなそうなスウェットの上下をつかんでリュックへ詰め、部屋からとび出す。玄関でローファーをつっかけてると、「出かけんの？　今日台風よ」って声が届いてきた。靴箱に置いた封筒が目に入り、迷ったけどそのまんまにして強く玄関の扉を閉めた。雲におおわれた夜空は暗いというかまっくろけで、降り始める前に早く明るいとこへ入りたかった。

あまやどり

音もれが激しいから何度もノックしたのに気づいてもらえなくって、でも、呼ばれたわけじゃないからリビングへまわって気づかせるのもここまで来たくせになんか気遅れしてきちゃうし、スマホで連絡取ろうにもさっきからポッケをふるわすお母さんのLINEが目に入るのがこわいし、もう疲れた、って投げやりんなって、扉を背にしてひさしの下へずりずりとへたり込んじゃう。背中に低音の振動を感じる。飛び石の表面にぽつぽつ黒い点が浮きあがりはじめて、頭が地面に近いからそこら中で雨つぶの落ちるしとしとが聞こえだした。その裏でときどきうっすらと春たちの笑い声の破片が耳に刺さる。誰かが咳してる。しっけた風が濡れはじめだけ香る道路の匂いを運んできた。

そんで飛び石に乾いたとこがなくなった頃、僕の目は開いてるけど何も映してなくて、だからダンクのつま先が見えてたはずなのに、「え、なにしてん」って声に飛びあがっちゃって、顔をあげたらまどかさんがケンタッキーのバケツが入った袋を両手にぶらさげて立っていた。

立ちあがって、「おつかれす」と会釈する。

「開いてる？」

「閉まってます」

「いや、なにどゆことまじ。こわいんだけど」まどかさんはビニールの持ち手を片手に集め、空いた手でスマホを操作し、口元へ持ちあげた。

「うぇいーよ」イヤホンで電話しているらしい。「ついた」

通話を切るとまどかさんはスマホをしまいながら僕をじっと見て、「チキン好き？」って尋ね、返事をする前から、ほい、ってビニールの手提げを持たせてきた。解錠の音がして扉が開くとジャズをサンプリングしたゆるいビートが外へ溢れ出て、その中へまどかさんが入っていく。

「えいえいー。モモセス外にいたけど」

「はぁ？」扉から、まだ長いジョイントを咥えた春が顔をのぞかし、僕を見つけると眉を寄せた。「どゆこと」

「いや、ごめん。家いらんなくなっちゃって」

春は煙がしみんのか目を細め、手をのばして雨あしを確認し、僕が持ってるビニールを見た。

「はぁ。ま、入れば？　はぐいるよ。つか連絡しろし」

「ごめん」

けむいリビングへ入ると、先に入っていたまどかさんが目の赤くなったみんなと手をパンパンぶつけ合ったり、握手したりしていた。グミ氏やラメちだけじゃなくって鳴海先輩もいる。グミ氏くらいガタイのおおきな東南アジア系の女の人が春から手巻きを受け取って咥えた。鼻や口から煙を吐いているこの人がスアンさんなんだと思う。テレビには映画なのか、地球を背景に船外活動をする宇宙飛行士の映像が流されていて、グミ氏の選曲と合わさってシュールなグルーヴになっている。

「あれ、モモぴじゃん」鳴海先輩が僕へ手をのばしてきたのでパチンと応えて拳をぶつけ手を握る。「手押し終わりで帰ったって」

「すいません、みんないるって知らなくって」

奥のグミ氏と目が合い、キツネの手がコクンと頷いたから僕もキツネで返事をする。その隣のラメちが、「うひゃー、ケンタじゃん！」って身を乗り出して袋を奪い、まどかさんがキッチンへ向かいながら、「差し入れね」と一言添えた。

「あなた春ちゃんの新しいボディガード？　スポッター？　ジョイントあげる」スアンさんが指で挟んだ煙の昇る太いそれを、腕をのばして渡してくる。「私は、私がスアン」

「スーちゃん。そんな、立派なもんじゃないよ」って春がキッチンから声を飛ばす。ひと吸いだけ肺へ入れ、「桃瀬、あの、モモぴです」と言ってお辞儀ついでにスアンさんへジョイントを返そうと腕をのばす。しゃべりながら煙を吐いたせいで、一回吸っただけなのに咳き込んでしまい、その振動でいつもよりしろい灰が落ちそうんなった。油が染みたペーパーは茶色く滲んでいる。受け取ったスアンさんがそのまんまとなりの鳴海先輩に咥えさせ、先輩はふかした濃い煙を口から逃がして鼻から吸い込んだ。奥では二人がけのソファでグミ氏とラメちがライター片手にボコボコ音を立ててボングに煙を溜め、中身がまっしろんなったガラスの吸い口を交互にゆずり合っている。先輩がスアンさんへジョイントをまわすと、「いなふ」って言いながらまた僕によこしてきた。戻ってきた春はグミ氏たちのソファの奥にある、自立したハンモックへ身をあずける。厚手の布に包まれて見えなくなったけど、顔のあるあたりから煙が昇っていた。

おんなじ秘密を抱え合った別々の人間が、おんなじ煙で時間や空間をいぶしながら身を潜め、嵐が通り過ぎるのを待っていた。僕もそんな輪の一員なのか、どうもいまいち自信が持てなくて、慣れてないし、ジョイントの挟み方もなんだかぎこちない気がしてきて頼りない。すべてに対する気持ちをまぎらわす為に、誰にもまわさず、ひとりじめして深く吸い込み、みんながご飯を食べているあいだも徹底的にのどを痛め続けた。

＊

一瞬、宙に浮いてるような錯覚に、下半身がヒヤってなって目が覚める。自分で移動したのか、うながされたのかおぼつかないけど、ハンモックで揺られていた。厚い布と背中のあいだに異物感があるので触ってみたらさっきまで春が吸っていたモッドがあった。その中の液体の粘度が強いのか、逆さにしても気泡が沈んだまんま固まっている。

顔を起こすと、テレビの正面にあるソファへ体重をあずけたグミ氏のつむじがのぞいていた。ラメちはグミ氏の膝へ頭を乗せてんのか、ソファにもたれたグミ氏の胴体あたりから、グミ氏が吐いたのと別の煙が昇っている。

テーブルを囲んでコの字に並べられたソファの、向かい合わせのそれぞれには春と先輩が一人ずつで座ってて、まどかさんとスアンさんは見当たらない。テレビはいつのまにか歴史物のドキュメンタリーを映してて、ナレーションの声が良いのか、スピーカーのせいなのか耳がへんにぞわぞわする。ぼくは、モッドを咥えて煙をパフった。

『このように彼らが非常に平和を重んじていたことがわかります。縄文の遺跡では争いの形跡が刻まれた骨の出土は極めて少なく、また縄文人が争いや武器作りに割く時間を創作に費やし、一万年に及ぶ太平の歴史で独特の芸術的な文化を育んだことを示しています』

「へぇー、めったんこのピースやんか」見えないラメちの声がする。ラメちのジョイントを挟んだ指が、背もたれ越しに現れ、グミ氏がそれを受け取った。「縄文さんたちもストナーだったんや」

「狩猟採集の生活だったんならキノコかもよ」先輩がテーブルの下を物色しだした。「俺も虹食おっかな」

「ふああ、紙ないよ。予約ぶんしか。さらのブロッターから自分で作って」春は眠そうに目をごしごしとこすっている。「DもVも原液、二階の方の冷蔵庫ね」

「だる。ならいいや」先輩は片手でボングから火皿を抜き、燃えカスをレモングラスのお香が刺さった灰皿へ捨てると、テーブルに並んだジップロックからひと袋を選ぶ。「もう腹いっぱいだし」

目をこすり終えた春がソファに足をあげ、結跏趺坐《けっかふざ》を組んで目をつむった。

「あ、ちょ、おい、ナル、ウィドー入れんならさ、ボングうがいさしてこい」ラメちが甘えた声を出す。「味混ざっちゃうし、それタンジー用」

「いいじゃん、味なんて」先輩はジップロックから乾いたつぼみをつまみ、指で砕きながら火皿へ詰める。「縄文人なら気にしねえって」

「ちぇ、クソハゲが」

春のモッドはかなりの高ワットで、リキッド自体も濃くてほんのちょびっと吸っただけでのどがキュッと締まった。咳が出ないようにゆっくり慎重に吐き出す。

『縄紋様の細工や個性豊かな土偶達などに表象された芸術性は、同時代の他文明と比較すると非常に斬新です。侵略や戦争の繰り返されていた地域では、武器の出土は多いですが、土器や工芸品のデザインはシンプルであり、遮光器土偶や火焔《かえん》型土器に見られるような複雑なデザインは稀《まれ》でした。これがのちの弥生時代になると……』

「うっわ、弥生の土器しょべー」ラメちはどんだけ吸ってもラメちのままだからすごい。

「やっぱしさ」グミ氏がとってもゆっくり喋りだした。「しゃこーきみたいな、あーんなデザイン、しらふじゃ思いつかんよなあ」

「思いつきちゃうねん。これは宇宙服やねん」ラメちがグミ氏の口元へジョイントを差し出す。

「いや、ないっしょ」グミ氏はうつむいてそれを咥え、ひと吸いする。

先輩はポコポコ音を立てながら煙を溜めるのに夢中んなっている。

「さっきのさ、NASAの宇宙服と結構似てんじゃん？」

「縄文って石器時代だよ？　石で宇宙行くん？」

「じゃなくって、古代は長いの。だから普通に火星人とかが来てたわけ。縄文の人らはピースで優しいから」

「なにしにきてたの？」

「なんでそんな平和なんすか？　って学びによ。あとグッドなシットわけてもらう為に。あとは……」

「ラメ、なんか深いとこ行っちゃってるわ」


『紀元前五世紀ごろ、大陸から渡ってきた弥生人によって稲作が持ち込まれると農地や収穫量に差が生まれ、次第に身分や階級制度が日本にも根付き始めました。本州に分布していた縄文人は弥生人との融和、混血で共生の道を選び、北海道や東北に分布していた縄文人はそのままの生活様式を続けました。アイヌの文化には縄文人の精神が色濃く残っているとされています。そうして我々に馴染み深い日本の歴史が始まり……』

「ちぇ、つまんね。平和だったのに」

「それな。火星人はなんで助けに来なかったん？」

「滅んだから。核戦争で。火星なんもないっしょ」

まどかさんが部屋へ入ってきて、「お、何見てんの？　原始人？」とか言いながら、瞑想《めいそう》に気づかなかったのか春のすぐ隣へ座った。「スー寝たから静かにな」

「縄文人だよ」ラメちが体を起こし、ソファから頭が飛び出す。「仲良く毎日焚《た》いて暮らしてたのにさ、邪魔されちゃったんだって、で、宇宙から、えっと、なに話そうとしたんだっけ」

「まぁ、戦争とか競争が文明を発展させせんのよ」まどかさんがテーブルを挟んだとこにいる先輩へ手をのばしてボングを受け取る。「そういえばさ、最初に発掘された人類の化石はルーシーって名前なんだって。アウストラロピテクス」

グミ氏がルーシー・イン・ザ・スカイ・ウィズ・ダイアモンズのひと節を口ずさむと、まどかさんが「あ、まじでそれが由来らしいよ」と驚いた顔をする。

「発掘現場でサージェント・ペパーズ流してたらしい。認知革命ってマジックマッシュルーム食った類人猿が起こしたんじゃないかって思うんだよね」そう言ってボングに口をつけたまどかさんは顔をしかめた。「マメに洗えよ、変な味するわ」

　グミ氏がまどかさんからボングを受け取り、「認知革命？」と首をかしげた。

「なんで他にも頭良い類人猿とか生き物がたくさんいたのに人間だけこんなに賢く進化したのかっていうと、嘘をつけるようになったからなんだよ」

「ひかる、嘘つき嫌い」

「まぁ嘘っていうか、見えないものを信じられるようになったの。仲間意識とかさ。で、みんなで同じ虚構を認識できれば狩りとか戦いで作戦たてれるし役たつじゃん？　それまでは行き当たりばったりだったの」

「うちら嘘つきの進化系なん？」

「ある日急に？」グミ氏が吸わずに先輩へボングを渡す。

「まどかさん、俺もさっき、きっかけはキノコ説唱えてたんすよ」

「ハラリとか学者は紙大好きだから気づいちゃったんだろうね」

「はらり？」

「あ、わかったわ」春がパチって目を開いた。「うーわ、やっぱし愛だわ」

「どした急に」

「やっぱ大事なのは愛、そう、愛ってこと。根底？　つか本質は。虚構含めてさ、見えないものの中でいちばん尊いやつ。愛があったから縄文人も長いこと平和だったんだ、そうだわまじ」

「だから急になんだよ」

「ほっといて。気づきが降ってきただけ。今超ハイで思考フォグってるから、考えを声に出して整理してんの。アウトプットしてインプット。今何時？」

ラメちがつくったしゃがれた声で「めんどくさいんだよ理屈なんか、結局愛だろシンプルだった」とラップを披露し、
春が食い気味に「いや、まじそうなんよ」と一人でうなずいて納得している。

「パンチラインだね」グミ氏がハイタッチを求め、ラメちが応じる。

「血よりも絆でなれる家族」とラメちが続きをラップした。「きゅんです」

「だってさ、どんどん桁増えて、使いきれねぇ金あっけど、痛くなるまでおせっせしても、数えきれないくらいインスタフォローされても、ドリチケで声かけられても、愛なかったら意味なしじゃん。んなことよりみんなで吸いまくって吹っ飛んだり、電車で席譲って胸がぬくぬくしたり、あとみんなで吸いまくって焼肉行ったり、そっちのが大事じゃん？　つか、はぐみが楽しそうにうた歌ってたり、ひかるがゲーム没頭してるだけでうちは胸つまる時ある」

しゃべりながら興奮したのか、「ほしいもん、もうぜんぶ持ってる」と言った春の目に蛍光灯が強く反射した。

「あーね、つかすげえ深いとこ行っちゃった感じ？」と先輩が茶々を入れる。

先輩を無視した春がへんにかしこまってグミ氏とラメちの方へ頭をさげた。グミ氏とラメちも頭をさげる。同時に顔があがり、三人で見つめ合っちゃったのか、変な間のあとに三つの大笑いが部屋に溜まった煙を揺らした。

「ディールだって、最初はしーちゃんとまどかがなんかこそこそやってて、まわりみんな受験勉強しちゃってて暇だし、金になんなら、ってはじめたけど、今はもう金じゃないっていうか、やっぱ間接的に愛と自由を蒔いてる感覚で、まぁ金はリスクあるからそのぶんはもらっとくけど。ほどほどにしないと、使えば使うほど金の虜《とりこ》んなっちゃう。そもそもフレックスなんてガワだけで興味ねえし。ダサいやつはブリンブリンでもダサい。つか、いつまでもいりーがるだから一家みたいなサグとか、バビ公が調子こいて太ってくし、世界の戦争も止められない大人がガタガタ言うなって。どんだけ子ども死んでくわけ？　つか、酒の方が悪いだろどう考えても。飲んだって愛は深まらないし、でも吸って暴れるやつなんておらんやん？　愛だわ、まじ。焼肉食いてえ、ちくしょう」

春の話を聞いてたら、ハンモックのせいもあってか、ぼくはなんでか居心地悪いし、気分が重くなっちゃって、まぎらわすみたいに煙を深く吸い込んだ。煙を吐いた瞬間から激しくのどがすぼまり、咳がえんえん止まらなくなっちゃって頭に血が集まっては顔が熱くなる。みんなの赤い目がぼくを見ている。

「起きてたん？」ってラメちの声が聞こえたけど、苦しくて返事できない。

グミ氏が背もたれから身を乗り出してストローの挿さった飲み掛けのレッドブルを渡そうとしてくる。ぼくも手をのばして受け取りたいけど、ハンモックが咳のたんびに揺れるからうまくバランスが取れないし届かない。グミ氏が缶をあきらめて床のガイザーを手に取る。

「ほい」って投げたペットボトルが股間の上に落ちてきて、別の苦しみが生まれた。ぼくの苦悶をみんなが笑う。水を飲んだら咳は落ち着いた。

「うあぁ、死ぬかと思った」

「大丈夫すか」

「うん、ありがと」ペットボトルをグミ氏へ返す。「いやあ、春、変わったね。小学生んときは超暴力の荒くれ者だったのに。でもさ」

春の表情が変わり、いつもぼくを見るときの目になった。

「別に年下だから水差すとかじゃなくってさ、どうせ死ぬわけじゃん。死んだら終わりじゃん」

「だから？」

「いや、だから、死んだら愛もクソも何もないんだし、なんか虚《むな》しいなって」

「で？」

「で、っていうか、なんか春がうらやましいなって」

「なにが？」

「なにがか。いや、なんていうか、まぁ、誰かを憎んだりせずに順調に生きてこれたからそういう考えなんだなって。親もどっちも元気だし。ぼくにはちょっとまぶしいというか、恥ずかしいというか」

「うち、ママだけだけど」ラメちがいつになく慎重に声を出す。「ルルの言うこと、わかる気がするよ。モモぴは照れ屋さんなんだね」

グミ氏がラメちに何度もうなずく。

「また馬鹿にしてんだろ、どーせ」

春の声に、グータッチをしようとしていたグミ氏とラメちの手が止まる。

「いいよ、うちの愛に免じて今日は追い返さない。まぁ、雨だし。呼んでないのに来たのも、チームメイト面《づら》してうちの昔がどうとかほざくのもうざいけど、なんたって深いから、愛が。だから許してやるよ」

「ごめん」って自分の声が聞こえた。

「いいって、別に。でも死ぬのがこわくてずっとテンパってんのは勝手だけど、この家にバッドなバイブス持って来んなって。自分なり戦ってんの、お前だけじゃねえんだよ。そんだけ」

となりでまどかさんが春に見えないように、大人とは思えない変顔をして、ぼくと春以外が笑って空気はほぐれた。なぜか頭に浮かんだ言葉が反射で飛び出しちゃって、みっともないけど、びしょ濡れ上等でどっか行く気概もないし、しょうがないからハンモックの支柱に掛けてあったタオルケットで顔を覆った。はたから見たぼくは、さながら、くるまって揺れる脊髄反射のおっきなミノムシ。グミ氏がタオルケットをめくってきたけど、眠ったふりをした。

いっか

嵐が雲をぜんぶからめとって去ってったから、空はブルーがつきぬけてて、うすらぼんやりの月まで浮かんでる。そんかわしに地上では落ち葉や折れた枝、お菓子の袋やビニール、ちり紙、どこもかしこもゴミ箱をひっくりかえしたみたいに散らかりまくっていた。

みっしり詰まっちゃった休んでいたぶんのスケジュールをこなすため、僕と春は学校を昼に抜け出して街へ繰り出した。

井の頭公園の池のほとりは平日の昼過ぎってこともあってどっかほのぼのしている。休日のにぎわいとは打って変わって年寄りやベビーカーの親子とかがたまに僕の座るベンチの前を通り過ぎていくだけで、人よりか虫や鳥の方が見つけやすいくらい。

春が戻ってくんのを待つあいだ、木もれ日に体を温めさせ時間をつぶす。池の水面に弾かれた太陽が目に刺さってきてまぶしい。橋を渡った反対側にある水生物園からなじみのない水鳥の鳴き声が届いてくる。ふとした穏やかさで景色がきらめいてる今なら見れるかもって、一昨日から寝かせてたお母さんのLINEを開く。吹き出しが七つ。

〈バイト辞めたからって、怒るわけないじゃないの（絵文字）〉

〈むしろ〉

〈お小遣いとか家の事でいつも気を揉ませちゃってごめんね〉

〈（スタンプ）〉

〈だから〉

〈封筒のお金は自分で使いなね。でも気持ちが嬉しかった、やるじゃん〉

〈そういえば知らずにお店行っちゃって、店長さんに挨拶したらすんごい顔されておもろか

ったよ。あんた変なメール送ったんだって？〉

僕は横綱だな、一人相撲界の。胸のつっかえがほぐれ、空とおんなじようにこころが透き通った。なんだかんだみんなが頼もしかったとはいえ、やっぱし考え方がかけ離れまくりで、正直おっつけないことばっか。だから家で眠れるなんてあたりまえのことに浮き足立った。

お母さんになんて返事を送ろうか、それとも帰ったとき直接謝ろうか、でもそれは照れくさいから嫌かも、とか考えてたら目の前に差し出されたスマホで視界が覆われた。液晶には路上を歩く春の写真が映されている。

「誰に撮ってもらったの？」と目線をあげると黒ビーニーとサングラスにグレーのウレタンマスクで顔を隠した奴がスマホを持っていて、「彼女、友達？」と話す声は男のものだった。

「え、誰すか」

「彼女、友達？」

「いや、え？　知らんす」

男はケツポッケへスマホをしまいながら、「彼女、車で待ってるからついてきて」と言う。黒手袋と長袖の隙間から和柄がのぞいてる。

「やっすよ、誰なんすか、あな、」

言い終わる前に、男は半身を引き、背抜きのゴム手袋をはめた拳を振りかぶって、僕の胸を強く突いてきた。ベキッ、って骨の軋《きし》む音が体の内側を通って耳へ伝わってくる。ベンチには背もたれがないから衝撃でうしろへ倒れちゃって、池を囲む木の柵に後頭部を打ち付けてしまう。胸の痛みで息を吸えない。閃光が鼻の奥の奥をつっ走る感覚の裏で男がベンチの紙袋を持って走っていく。

呼吸が苦しいし、ぶつけたとこから脳の芯まで痛みが共振して、ぐらぐら目をまわしながらもなんとか立ちあがって、男を追いかける。けど、砂利道がすべって踏ん張りが利かず、前のめりにすっころんで顎をぶつけた。また脳がふるえる。男が公園から住宅街へ抜ける階段を駆けあがっていったのが林越しにぼんやり見える。やばい春にキレられる、って思った瞬間、スマホの写真を思い出し、説教なんてどうでもよくなる悪い予感に背筋が冷たくなった。

ひざを擦りむいたかもしんないし、相変わらず頭ズキズキで息もできないけど、絶え絶えながら男の登った階段をなんとかあがり切った。

公園を出てすぐの通りに男は見当たらず、先の十字路まで出て左右を見ると、路肩に停まった黒のヴェルファイアに人が乗り込んで、スライドドアが閉じられるのが見えた。ブレザーのポッケをまさぐり、あの硬い防犯用のペンを握る。車へ近づくと、またおんなじスライドが開き、男が飛び出てきた。早歩きで僕へ向かってくるから、急いでポッケから手を抜くと、握ってたのは煙の出る方のペンで、あちゃ、って思った時には、もうのどぼとけをぶん殴られ、さっきの比にならない痛みと息苦しさに襲われた。堪える堪えないに関係なく、よだれと涙が出続けて、息は吸えもしないし、吐けもせず、ただ、ひゅうひゅう、って空気の逃げる音がするだけだった。うずくまってたら脇腹を蹴り上げられ、肉や肋骨《ろっこつ》につま先が食い込んで胃液がのぼってきちゃうし、もうずっと息してないし、何が何だかわかんなくて嗚咽しながらテンパってたら襟をつかまれ、無理やりに立たされ、背中を蹴られた。よろけた先に開いたスライドがあって、車内の床へ倒れ込んだ。急に視界が日陰に入るから緑色の残像がうねうねして何も見えない。泥とゴムマットの臭いがした。そこに僕の胃液が撒かれた。酸っぱさを感じながら「春、いんの」って叫んだつもりがつぶれて息の抜けたしゃがれ声は涙で湿ってて、ぐしゃぐしゃ音を立ててるだけだった。

「うるせえ」

別の男の声に振り向くと、バールのような金属が目にかかった瞬間に、それでおでこを殴られる。音が消え、耳鳴りの中、自分の胃液に倒れ込んで意識が途切れた。

＊

垂れた血のぬめぬめが顔を覆ってて、鼻の穴と口に流れ込んで気道を塞ぐから、窒息しかけてて、水泳の息継ぎみたいに血の飛沫をまきちらしてやっと意識が戻った。半ドアかなんだかの警告音が鳴り続けている。鉄棒の味がめっちゃ濃い。自分の血にむせて咳き込むたび、頭の深い部分とのどがズッキンって痛むから、起きたばっかなのに気が遠くなる。ほっぺたを伝ったのが血なのか涙なのかわからない。さっき倒れ込んだのとおんなじとこ、運転席と後部座席のあいだの床で仰向けんなってたらしく、ヤニで汚い天井が二重に見える。顔の血をブレザーの袖で拭いながら体を持ちあげてたらジャリって感触がして、目を凝らしたら体のまわりに黒いガラスが飛び散っていた。破片をつまんでみたら指先に刺さっちゃって、もうどこが痛いのかわからない。半開きのスライドを見ると窓が割れていて、その風穴から、肉に硬い物がぶつかる鈍い音が連続して何度も届いてくる。痛みを堪えながら恐る恐るに外をのぞいたら、一人の男が無防備にうつ伏せんなってて、その隣に首を前に垂らしたもう一人があぐらをかいている。その奥で春が片膝をついていて、横に転がった青いペニーはべっとり塗られた赤い血が差し色んなっている。

　春が顔をあげた。見たことないゆがんだ顔をしている。アスファルトに溜まった黒い液体が日光を反射してテカってて、穿いているジャージが赤いから気づくの遅れたけど、春が地面についた右のふとももにアイスピックみたいなのが刺さってて、そこを中心に生地の色が濃くなっている。春はうめきながらそれを引き抜いた。僕は聞こえる音すべてが遠くなっていくのを感じた。

春が吠えた。ペニーを拾い、あぐらの男の頭を何度も叩く。差し色が主色になっていく。殴られた男はあぐらを組んだまま仰向けにだらんと倒れた。後頭部が道路へ打ちつけられるゴチンって音に吐き気を覚える。男のお尻のあたりから、ブリュウウ、って水気のある嫌な音がした。耳だけじゃなくって全部の感覚が鈍くなっていって、でも身体中しっかり痛くて、もうまじ帰りたい、って思いながら僕はまた気絶した。

＊

おっきな揺れ、そんで間断なく続くちっさい揺れ。まじかよ、まだ車ん中かよ、って体を起こそうとしたら、肩を押さえつけられ、「寝てな」って春の声がした。見あげた先に春の、血の固まった鼻の穴と口元の産毛が見えた。

「え、ひざまくら」

「してねえよ。ふとももパンパンに腫れてんのに」僕の頭はクッションの上に寝かされていたっぽい。「あとちょいで病院だから」

「警察は？」

「頼るわけねえだろ」

「あっそ」

運転席からまどかさんの、「春がぶんまわさなかったら危なかった」って声が聞こえてくる。グネグネって力の抜けたさっきの男たちが頭をよぎり、また吐き気がのどまであがってきたから唾と一緒に飲み込んだ。ちょっと酸っぱい。ブレザーの襟が血でべっとり汚れている。ワイシャツは捨てよう。ポッケに手を入れたら財布が無くなっていた。さっきヴェルファイアに落としたっぽい。

「はあー、もうこりごり。僕抜けんね」

声を揺らしながら言い終わると手足がふるえ始めた。

「うん」

そっから春とは口をきかなかった。


鏡に映った自分はぼろくずだった。殴られたのどらへんが内出血で紫んなり、そのふちが黄色んなってた。おでこが真皮層とかいうとこまでぱっくし裂けてたらしいけど、数針縫っただけで済んだし、頭痛もトイレでペンを吸ってたらすぐに収まった。でも病院で治療を受けてるあいだ、ずっと体ん中のムカムカを抑えられなくて貧乏ゆすりが止まらなかった。

怪我なんかよりも、サングラスやマスクなんかで顔の全貌が見えない人とすれ違うたんびにギョッとしちゃったり、いきなり脈が速くなって心臓が痛くなったり、そわそわのせいで汗が止まらなくて夜に眠れないことの方が重症だった。自分でも信じられないけど、昼寝をしてたらおねしょしちゃった。

そんな感じで二、三日学校を休んでるあいだ、先輩やグミ氏から何度も連絡が来たけど無視した。スマホがふるえるたんびにこころが重くなって落ち着かないからバッテリーが切れても充電せずにほっといた。

学校やお母さんには階段から落ちたってベタな言いわけしたけど、細かいことは頭打って忘れたことにした。汚れたブレザーはクリーニングで元通り以上に綺麗んなって返ってきた。

そんで久々に登校したら、まぁ小学生じゃないしなんとなくわかってたけど、おでこに包帯してんのに山本くん以外は僕にノータッチだった。

「どうしたんよそれは」

「ファールチップ取り損ねちった」

「え、草野球？　メットかぶれよ」

「あは」

「てか野球やってたのかよ」

「小学校ん時だけどね」

「次の体育ソフトボールなんだけどさ、クラスで経験者俺だけだから出られんならチームわけん時キャプテン頼んでいい？」

「うーん、そうね」

「おぉ、じゃ佐伯《さえき》っち、体育委員だから伝えとくわ」

山本くんは脳震とうとは無縁だし、安心する。

グミ氏とラメちが教室の前までやってきたことがあったけど、見かけただけでお腹が痛《い》たまるから女子に頼んで追い返してもらった。胸がチクチクしたけど、そんなのは最初のうちだけだろうし、ニュースになるような理不尽な底辺の暴力なんかとは関わりたくないし、僕は普通の人間で、住む世界が違う、ってことを、みんなにはこころをひとつにして理解してほしい。


この回終わったら片付け、と球審役の体育教師が叫んだ頃、僕は早くトイレでペン吸いたいな、とか考えながらつま先で校庭の土を掘っていた。

なんかみんなが騒がしくて顔をあげたら、校門の先に警官がいた。目に入った瞬間からすぐに胃が痛たまる。動線を塞いでる邪魔な銀のハイエースを職質しているっぽい、ってわかったらようやく深く息を吸い込めた。最近よく停まっていたから学校が通報したのかも。

着替えてたら、机に放ってた夏服のズボンん中でスマホがふるえ、振動で制汗剤臭い更衣室にガガガって音が響いた。着信らしくって、切れるまでずっとうるさい。静かんなった時にはもうぐったりで、パンイチだし、となりの奴の汗拭きシートの使い方が入念でキモいし気が滅入る。教室へ戻りながら確認したら春のトバシからの着信だった。舌打ちがシンコペした。

終礼が始まったけど、警官の次は救急車が来ていたとかで話題がもちきっちゃって、桐谷の連絡事項なんて誰も聞いていない。とくに熱っぽくしゃべっている、そばのサッカー部の会話から、なじみのある名前が聞こえてきて、脈が乱れるのを感じながら耳をそばだてた。

「しかも鳴海、耳取れてたらしいよ」

僕の耳の穴から体ん中へ入った言葉はサングラスの男に変身し、胃や食道をつかんでぶらさがった。しぼられてのどまでせりあがってきたお昼のパンを、涙を溜めながらなんとか飲み込む。口に残った胃液の味を誤魔化すために、くちびるのうす皮を前歯で剝いて唾液を出させた。息もしづらいし、身体もダルい。机の木目が動いているように見える。

「ひー、やば、まじかよ、一年のストーリーあがってたけど、校門すんげー騒ぎだったたって」「つーかこの前も怪我してなかったっけ、彼。卍仲間にいじめられてんじゃね。仲良くすりゃいいのに」「彼、ひとりクローズだから相手電柱とかっしょ」「ウケる電柱に負けんなよ。停学かな」「ボコられたんなら被害者でしょ」「まあじ、よそでやってくんないかな」「それな。変な噂立って試合組めなくなったらまじ殺すわ」「ムリムリお前ぜってー鳴海の前でひよるわ」「うっせー」「いやあ、でも、なんか元気出てきちゃった」「わっかるわあ、今日のイントレ乗り切れそう」「あれ、え、ももせ大丈夫?」「こわ、口から血出てるよ」

まばたきを忘れたまぶたが目ん玉をかぴらせる。破裂の予兆で時空が歪み、僕を中心に三次元が折りたたまれはじめた。音の波長が狂ったのか、みんなの話し声がスローにくぐもり、おどろおどろおどろおどろ。脇で挟んで固定しても腕のふるえがなかなか止められない。だから足もふるえてんのかと思ったら他人のみたいに感覚が無くなっちゃっていた。怒りで身体はアッパーなのに、心臓で墨汁がちゃぽんちゃぽん波打ってるせいで血は黒くこころはダウナー。僕は負のスピードボール。最悪だ。春のせいだ。無茶するからだ。僕は顔見られちゃってる。とうとう警察まで出張ってきたんならこれからもっと、いくらでも悪いことんなるし、抜けたとかそんなん関係なくまた巻き込まれる。ぜんぶ春のせいだ、まじで。

「ちょ、おい、ほんと大丈夫?」

「大丈夫なわけねぇだろ、ふざけんな、僕なんも悪いことしてないのに」

言いながら我に返り、いたたまれなくて終礼を途中でバックれた。

通りすがりがいきなり襲って来るかもしれない緊張は家に着けばすこしは落ち着くと思ったのに、張り詰めたぶんぐったりだし、ちっとも安心できない。とはいえ、一応ここなら襲われることは無いはず。身の安全が確保されるとまた怒りが身体から溢れそうんなった。

制服をびっしょりにさせた汗が不快で、焦ってワイシャツを脱ごうとしたらボタンが外れ、床に転がった。拾おうと膝を曲げて屈《かが》んだらチャイムが鳴らされて、そのタイミングが妙にはまって腰が抜けた。祈るようにドアホンのモニターをうす目で見ると、制服は制服でも、黒いウィンドブレーカーを着た運送屋さんだったから胸をなでおろす。

「小包なんですけど」

「置いといてください」

「あの、住所間違ってるかも知んなくて、確認ほしいんだけど」

「いいです、置いといてくださいって」

「出てこれませんか」

「すいません、置いてけないなら持って帰ってください」

運送屋さんは七波の影響で忙しいのか、目のクマが病的だし、この暑さでウィンドブレーカーを着ているなんて見てるだけで暑苦しかった。

シャワーを浴びて汗を流したら冷静さがやっと戻ってきて、髪にタオルを押し付けながら玄関を開ける。丸められた茶色の紙袋がドアの横とかじゃなくって、廊下のど真ん中の不自然な位置に置かれてて、思わず舌打ちが出た。ひっつかんで見ると、宛名は僕なんだけど、白糸台とかわけのわかんない住所が書かれているから首を傾《かし》げる。紙を少し破ってみたら、見覚えのある生地が切れ目からのぞいてて、記憶をたぐり、合点がいった瞬間に鳥肌が立って、牽制されたランナーみたいに家へ飛び込んだ。袋の中身は落とした僕の財布だった。

＊

聞き間違いだと思いたかった。学校へ行かずに布団をかぶってすべてをやり過ごす平日が終わって、土曜だし罪悪感なく二度寝しようとしてたってのに、ガシャン、って鋭い音がして、部屋のカーテンがふくらんだ。布地伝いに割れた窓ガラスが机に転がる。飛びあがったら足の親指をひねったし、鼓膜が破れるんじゃないかってくらい叫んじゃってた。

布団をかぶる。こうすれば自分の荒い呼吸しか聞こえないし、ちょぴっとだけ安心する。だんだん眠気がよみがえってきた。

しばらく亀んなってたら中の酸素がうすくなってきて、息継ぎをするために慎重に顔をのぞかせる。脅威が去るといやに部屋が静かに感じる。窓ガラスの破片が散らばった机を見ると、ゴルフボールほどの石ころがあった。

その時、またカーテンがふわっと広がり、生地を伝って、ぽとんって石が机に落ちてくる。今度は控えめに叫ぶ。どんだけ他人ん家の窓を割ったら四階まで正確に投げれるようになんだよ、って思った時、「おーい」って女の人の声が窓の下で聞こえ、スマホがふるえていたことに気づいた。

りょこー

のぞき窓の先にまどかさんとグミ氏が見え、無意識に嚙みしめたらしくって虫歯の痛みが顎に走った。扉の隙間から首だけ出すと、「うわ、いた」ってグミ氏の声が聞こえた。

「おひさっす」

「怪我の感じはどうなのよ」と、まどかさんが顔をのぞいてきた。

答えずにいると、つかんでいたノブが外側へ引っ張られたから強く引っ張り返す。そのせいで頭を挟みそうんなった。

「顔色悪いけど」

「はあ」

「一家はもう平気」まどかさんが膝に手をついて前かがみになっている。「話ついた」

「はあ。あの、下に春いるんすか、窓割れたんすけど」

「学校も外も安全なんで」グミ氏が前に出てくる。「今からナルミンのお見舞い行くっす」

「そう、気をつけて」

「一緒に行くんすよ」グミ氏は泣きそうな顔をしている。「ナル、モモぴが来たら安心すると思う」

「なんで？　僕もう関係ないから」

グミ氏が、「先輩は、」と話し続けようとしたから、「質問したわけじゃないって」とさえぎる。

少しの沈黙が流れ、「そうよな」と言ってまどかさんが財布を開き、中を数えだした。

「モモセスのお見舞いが先よな」まどかさんが数枚の万札を差し出してくる。「裸でごめんよ」

無視してたらまどかさんが、「ここ入れんぞ」と言い、扉のポストが音を立てた。

「じゃ、元気で」

「はい、悪いすけど」

ふたりが廊下を曲がるのを見届け、扉を閉めようとしたら足音が戻ってきて、「本人は否定してたんすけど」ってグミ氏の声に手を止める。

かぶせるように「もういいじゃん、俺ら迷惑だって」と、まどかさんが言った。

「知ってほしいだけっす。クラスの男子が校門で、男から、桃瀬くん知ってるか、って声かけられたんです。ナルがやられた日」グミ氏はまどかさんが肩に置いた手を振り払った。

僕は両耳の穴へ指を出し入れし、それでも聞こえる音を、ああぁぁ、とうなってかき消す。

「たぶん狙ってたのはモモぴとルルなんすよ。ナルも声かけられて、それでモモぴのフリしたんじゃないかって、ウチは思ってるっす」

「はあ？」手が止まる。足が果てしなくのびて、地面が遠く離れていく感覚になった。「いや、え？　だから感謝伝えに一緒にお見舞い行こうって？　嫌だよ、そんなの」

「感謝とかは任せるっすけど、ナルの病室にはバビ公とか教頭とか学校の関係の大人がずっと出入りしてて、学校のヤバいものはうちのロッカーに移したからバレてないっすけど、そいつら、どうせ身から出た錆《さび》だろ、って態度隠さないし、ゴミみたいに扱ってきたからナル結構食らっちゃってて。だから」

「僕、別に頼んでないもん」

「ウチは頼んでるっす。モモぴが元気だって、いやまだ怪我あるっすけど、でもちゃんと生きてるって一緒に行って教えたい」

今にも溢れそうなグミ氏のうしろで、まどかさんがくちびるをすぼめ、指にひっかけた鍵を回して遊ばせている。

「モモぴ、今負けちゃだめなんすよ。暴力なんて超クソじゃん。そんなんにウチらの関係壊せるわけないじゃん。そうっしょ。チキったら思うつぼすよ」

ふるえている声。もう決壊したかもしんないグミ氏の目をこわくて見れない。まともに視線なんて合わせたらスモールライトみたいに僕はちぢめられちゃう。

通りからクラクションが響いてきた。やべ、と言ってまどかさんが駆けていく。

「どかしてくるわ」

鍵のガシャつく音が離れていく。グミ氏は動かない。けど、うつむいたのがわかった。

「ずるいって」僕の言葉にグミ氏が顔をあげる。「家まで来るなんてさ、卑怯《ひきよう》じゃん」

「連絡つかないじゃないすか」

グミ氏と見つめ合う。でもやっぱ耐えれなくて、逸らしちゃった。グミ氏の拳が強く握られふるえている。前におしえてもらったみたいに深呼吸をする。深く吸って深く吐く。部屋へ駆け戻り、急いで玄関へ戻ってくるとまだグミ氏が立っている。

「エレベーターあがってくんのめっちゃ遅いから」むらさき色のハンカチを差し出す。「まだ、まどかさんに間に合うよ」

またうつむくから、適当にサンダルをつっかけ、「ほら行こ」ってエレベーターの方へグミ氏の腕を引っ張る。翳《かげ》っていた困惑の顔がほころんでいく。

「当たっちゃってごめん」

グミ氏が首を横にふった。

「めっちゃ強くおでこ殴られたから、ずっとピヨピヨしてた、きっと」

空いた方の手でキツネを作って深くお辞儀させる。そこにグミ氏の作ったキツネがおっきく口をあけて嚙みついてきた。笑いながら走ってたら、まどかさんがエレベーターのボタンを連打してて、また吹き出す。


今日はピクシスでもセレナでもなくて、わナンバーの青アクア。助手席には春がいて、後部座席では寝転がったラメちがペンを握っている。低音で揺れる車内へグミ氏と僕が乗り込もうとしたらラメちが音の中から、「生きとったんかワレ」って言いながら煙を吐き、「まじおせえ」とぼやいた。それをグミ氏が、「ひかる、詰めて」とたしなめる。

ラメち、グミ氏、僕の順番で座り、車が走り出す。

「小春、信号で停まったらナビさっき入れた病院に戻して」

「うん。これ、後で履歴消せんの？」

「へーきへーき。いつものとこで借りたから」

ヘッドレストの向こうで春の頭がのそっと動き、窓との隙間から横顔をのぞかせ、「もも」と言った。声変わりした春からそう呼ばれたのは初めてで、ほんとに自分のことを呼ばれたのか戸惑う。

「ごめんかった、まじ」春が身体をのばして、しっかり僕へ向いた。

不意打ち過ぎて、「ど、どんな肩してんだよ、まじで」の声が裏返る。

「え？」と春が聞き返す。

まどかさんがオーディオのボリウムをさげた。

「窓割れたんだけど。弁償してよ」

「それもごめんかった」

「それも？」

「うん」春がうなずいた。「守れなかったから」

そんな言葉は予想外だし、どっかくすぐったい。

「しーちゃんが向こうと連絡とったからたぶんもう片付いた」

「え、しーちゃんって、コーチ？　静《しずか》くん？」

ゆっくりうなずいた春が姿勢を戻して、ナビを操作しはじめた。のぞいてみると、病院は府中《ふちゅう》の方らしく、出発地を考えると僕の家は反対方向だったみたい。

「ちょっと待って」ラメちが鼻をつまむ。「え、モモぴ口くっさあ」

グミ氏がラメちにひじをぶつける。

「しょうがないじゃん」手で口元を覆い、自分で嗅いでみる。「寝起きなんだから」

ラメちが、「冗談じゃん」って手遅れのフォローをしてきた。

「いや、臭いじゃん、ちゃんと。恥じいって」

助手席からのびてきた腕がガムのボトルをつかんでいて、車内の笑い声でルーフがはちきれた。


でかシルエットのハーフパンツのポッケから何かを取り出した春は、それを無造作にベッドへ放る。重いものなのか、ぼふ、って掛け布団にそれは沈んだ。

「おいふざけんな、怪我人だぞ」

「足もやられたん？」とラメちが布団をめくる。「なんもないやん」

「おい勝手に触んな、パンツ脱いでたらどうすんだよ」

「きんめ」

病室へ入ってすぐの、廊下側のカーテンの中にいた先輩は僕と目が合うとギプスで固定された手首を持ちあげて見せた。両耳は包帯を巻かれることもなく、頭にちゃんとくっついていたからちょびっとだけ安心した。いつもバキってキマってたスキンフェードはのびてただの青々とした坊主に見える。眉ピをちぎられたらしく、おっきなかさぶたが眉尻にある。

先輩はめくられた布団を嫌味なのかていねいに掛けなおし、春の投げた何かを拾うと、顔の前に持ちあげる。

「うちが入院したとき、それ超活躍したから」春がキャップを脱いでかぶりなおす。「パスワード裏ね」

「あ、これWi-Fiか」先輩の顔が翳った。「……あんがと」

「ほい、これ、痛み止め代わりのえでぃぼーね」ラメちがすでに封の切られたピュレグミをサイドテーブルの花瓶へ立てかける。「しかも、虹のおまけ入りやで」

「おぉ……、さんきゅ。でも紙はいいや。うしろめたい時やるとバッド入っちゃう」先輩はパッケージに腕をのばすと、片手で器用にジッパーを開いて鼻を近づける。「うーわ、草くせ」

「うしろめたいことあったん？」春が顔を袋へ近づけ、先輩が嗅がせる。「らめ、塗りすぎ」

「母ちゃんに泣かれちった」

「うちはこの前、花あげたんで、かわりに次のショーケースのインビ券あげるす」グミ氏は渡すと病室を見回した。「見張りいなくなってよかったすね」

「あぁ、ありがと。まぁね。でもプライバシー、カーテンだけだけどな」先輩は怪我のない方の手で小鼻を掻く。「てかさ……」

ビニールを鳴らしながら病室へ入ってきたまどかさんは、「部屋代わったの？」と息を切らしている。

「ひかる、差し入れそこ置いて」まどかさんが肩を上下させながら袋をラメちへ渡す。「これ、俺とモモセスからね」

「あざす」先輩が僕とまどかさんへ頭をさげ、ため息をついた。「あの、みんなの気持ちうれしいし、めちゃ助かるんだけど、もっと早く来てほしかったわ」

「わがまま言うな」とラメちが肩パンしようとして、先輩がおおげさに身をよじってかわし、「ちょ、肋骨だからまじ洒落んならん」と慌てている。

「あのさ、今日の午後もう退院なんだわ」

春とラメちが、「はぁ？」と声をそろえた。「てめえ、先に言えよ」「来て損じゃん」

「いやいや、損とかじゃないじゃん」先輩がグミ氏へ向く。「あれ俺言ってなかったっけ？」

「聞かれても知らんすよ」

「あ、」まどかさんが驚いた顔になる。「俺が忘れてたわ」

ラメちと春がまどかさんをきつくにらんだ。

「まぁいいじゃんいいじゃん、昼飯のあと先生と話したら帰るからさ、送ってってよ、セレナっしょ？」

「ゆーれいの貸し車」ラメちがわざとらしく腕を組む。「うちらこれからミナカミなんよ」

「えぇ、みんなで仕入れ？」先輩が寂しそうな顔でそれぞれを見回す。

「うちは午後、声トレ行くっす」

「んだよ、つまんねえ」ラメちが舌打ちする。

「先輩、ありがとうございました」と、頭をさげ、猫毛でうすいつむじを惜しげもなく見せつける。

「え、なにが」

「僕のフリしてくれたって、校門で」

先輩は眉を寄せ、「なんのこと?」と、ほんとに思い当たる節がなさそうな顔をする。

グミ氏が僕を見て、肩をすくめ首をかしげた。

「頭ぶん殴られてなんも覚えてないわ」って先輩が屈託なく言うから鼻の奥がツーンってした。

「すいません。僕のせいで記憶まで……」

「いや、ボケやん。シリアスやめろ」先輩がまた小鼻を掻いた。「またヤサで集まろうぜ」

先輩はグミの袋を僕へ投げつけてきた。「そん時まで持ってて」

「あの、困るんですが、」みんなで振り返ると、物騒な感じのマスクをした看護師が僕らをにらんでいた。「面会制限守ってください。他にも入院されている方が……」

「もう帰るんで」と春がさえぎった。


日野《ひの》にあるおっきな橋でグミ氏を降ろすと、春と席を交換した。車は関越に乗るため、圏央道のあきる野インターをひとまず目指している。僕はグミ氏と家が正反対だし、家まで送って、とは言い出しづらくて結局仕入れだかなんだか目的は知らないけど、また巻き込まれることにした。

行き先を調べてみたら、そこはもうほとんど村って感じんとこで、高速とはいえ山をいくつも越えるから三時間弱のドライブになりそうなのに、普段ＤＪのグミ氏がいないからラメちは好き放題にゆるいトラップを流しては、踏んでるだけの意味なしリリックを熱唱していた。まどかさんは、初めはラメちのラップを笑っていたけど、気づいたらポッズプロを挿していた。

うしろを見ると、軍用の耳栓でもしてんのか春は眠りこけてて、腫れは引いているけどハーフパンツの裾がゆるんでるとこから包帯がはみ出していた。

上に乗ってしばらく走った頃、途中のサービスエリアで早めの昼を食べよう、ってまどかさんが提案した。うしろのふたりから返事はなかった。

高坂《たかさか》サービスエリアへ入るための横道を折れるとラメちが、山がどうの虹がどうのこうの、ってよくわからないことを話しだし、うしろから僕の肩をつついてきた。「ピュレグミちょ」

ラメちは渡した袋から丸めたサランラップの塊を抜き出し、手のひらへ載せると眠る春を起こした。

「んー」と春が目をこする。「紙？　何枚あんの？」

「えっと、二枚。まどちゃん五ミリでいくつなんだっけ？」

「百マイクロ。希釈ミスってなければ」

「じゃあ垂らし過ぎてなければたぶん三百」

「はぁ？　たぶんって。三百はキツくね」

「俺帰りもあるし、いらんよ」

「せっかくさ、空きっ腹だし、晴れてるし、ルルのおにーちゃんちの裏、ちょーど山なんだしさ。ねー、ミッドサマーしよーよ」

ラメちがなんの話をしているのかわからないけど、とりあえず春はイマイチな反応をしている。

停められる場所を探すために徐行になると、ラメちがシートのあいだから顔を出し、「じゃモモぴが食べる？」と聞いてきた。「アカシックレコードにアクセスできるよ」

よくわからないけど、「いいよ」と返す。

駐車を終えたまどかさんが、「好きですねー」と言って車から降りた。扉が閉まる間際に春が「レッドブルと水お願い！」と叫ぶ。

「え、春も昼いらんの？」

「もも一人じゃ三百は多いし、半分行こうかなって」

ラメちが、嬉しくなったのか奇声を発し始めたのでまどかさんが遮るように扉を閉めた。

下道へ降りたら、東京と違って景色の煩わしさが無くなり、街並みは山や畑ばかりになっていた。目的地までの最後のコンビニで一度休憩をとる。駐車場がめっちゃ広いからまどかさんは歩き回りながら誰かと電話している。

ラメちが、「着くまであと一時間ないし、もういっちゃおう」と言うので、まどかさんはまだ外だけど、シートベルトを締める。するとうしろから腕がのびてきた。春のその手は、小指の爪より小さい三角形の厚紙をつまんでて、目を凝らすと曼荼羅《まんだら》かなんかが印刷されている。

振り向くとラメちが下くちびるを指でひっぱって、チンパンジーみたいに剝いた歯茎を僕へ見せつけていた。歯茎にはその紙が載せられていて、春が僕へ差し出している三角形をちょうど組み合わせたみたいなおっきさの真四角をしている。ラメちがチンパンジーのまま、「宇宙への往復きっぷなり」と言う。

厚紙を受け取らずにながめてたら、「ビートルズの後期は、」と春が話し始めた。「これのおかげで覚醒したの」春がつまんだ紙を僕の顔の前で揺らしている。「でもポールが三人と一緒に旅に出なかったから解散した」

ビニール片手に運転席へ戻ってきたまどかさんが春の手をちらっと見た。

「今はまどかさんがポール？」

そう尋ねると春がうなずいた。受け取って見よう見まねでくちびると歯茎のあいだへ挟む。

「十時間くらいで落ちるから」とまどかさんが僕の肩を叩いた。「それを忘れずに全部受け入れて、身をゆだねれば絶対大丈夫」

ナビの時間を見ると十二時過ぎ。

田舎道を走りながら、まどかさんはレット・イット・ビーのサビを繰り返し口ずさんでいた。

✿

ずっと乗ってたからか、足や背中の、筋肉が多いとこがむずむず痺れだした。ストレッチしたいのに車ん中だから我慢するしかないってのが不快で、目をつむってなんとかこらえる。これからどんな感じになんだろ。てかいつ効き始めんだろ。もうコンビニから数十分は経っている。意外となんもないのかも。

「もうそろ着くね」ってまどかさんの言葉が聞こえてようやくまぶたを開くことができた。視界は異常にチカチカしてわずらわしい。まぶしさに慣れても、かすみがかかっていて見づらい。繁った竹の葉が何重にもブレて見えるから緑色のワープトンネルをくぐってるみたい。空気がうすい感じがして息苦しい。外の空気を吸うために窓を開けると葉ずれの音がぴたりちぢんだりをくりかえして途切れることなく車を包み込んでいた。すれ違う車はもうほとんどいないし、数少ない人工物の側溝とか標識とかガードレールも次第にとぎれとぎれんなるから、なんだか山に飲み込まれているよーな気分になった。

悪路に酔ったのか、うっすら感じてた吐き気をもう我慢できないかも、ってあきらめたとき、ようやく車が停まった。つたのからまった廃墟みたいな家がそこにある。

「暗くなる前には戻ってこいよ」と言ってまどかさんは中へ入って行った。春もフラフラしながら付いていく。

　ぼくとラメちはそれぞれ痺れた身体をほぐす。ラメちはもうすっかりおとなしい。おっきなボストンバッグ抱えた春が戻ってきて、ぼくにそれを持たせた。チャックを開けてみるとクッションとブルーシート、蚊取り線香や凍らせた水が入っていた。歩き出した春にラメちとついていく。

　ひびわれたり、はがれたり、ほそーはくちてたよりない。けど、それもすぐにとぎれ、目の前は腐った落ち葉のじゅーたんがつづいている。春はためらいもせずにそのけものみちへわけいっていく。土がやわらかくてしずむからサンダルできたことをくやむ。目のかすみはひどくなってて、前を歩くラメちのシャツにプリントされた横文字がぐねぐね動いている。ラメちは日焼け止めをぬりなおしてる。はんでぃ扇風機がその匂いをはこんでくる。目をこすると、まぶたに映った緑の残像がくっきりとした万華鏡の柄になっちゃって、おどろいて思わず手をはなす。その手もぐねぐね、って絶えず輪郭をうごかしつづけている。手相もおちつきがなくて、生命線がのびたり増えたり、ぼくの運勢はころころ変わってく。

　ぼくらをたくさんの木が囲んでいる。折り重なって天井をつくったこずえを見あげたら、太陽のいたずらで緑から青んなったり、青から黄色んなったり、色のグラデーションをいったりきたり。すきまをつらぬくこもれびは虹いろ。

たくさんの枝にさんざんひっかかれながら歩いてたら、ひらけたとこにたどりついた。うでに赤いみみずばれができてて、くねくねせわしない。あせばんじゃったな、ってシャツをつまんだら、それどころじゃなくて、もうぐっしょりと重くなっていた。

ブルーシートは結構おっきくて、三人で座ったり、ねころがってもひろびろ。この、へんな違和感は一服すればマシんなるのかもっておもってたら、

「馴染むまではそわそわして不快かもしれないけど、吸えば落ち着くから」

って春が言うからおどろいた。

まわしたジョイントからのぼったけむりは空でくもんなる。すったけむりは血管をめぐる。はいたけむりは風にちらされた。それをながめているぼくがあらわれ、あらわれたことに気づいたぼくがあらわれる。むげんにぼくがあらわれる。みんなしてせきこむ。

「なんか、思考がめくれてく感じ。たまねぎみたい」

「わかる、うちは考えがすべってながれてく。まいんどさーふぁー」

新品のちょーくみたいに、ふとくて、ながかったのに、きづいたら三人で一本を灰にかえていた。あれ、いまなんじだろ？　ぼくのスマホはじゅうでん切れ。

「わからん、あいふぉんくるまおいてきた」

ラメちがクッションを枕にして、あおむけんなる。ぼくとはるもまねする。

「くもがピンクいね」ってラメちがいう。ほんとだ、ってはるがいう。ぼくはわたあめみたいだっておもう。

「いちごあじかな？」はるがしろい手をのばしてくもをつかもうとしてる。「あ、しろに戻った」

ぼくもまねする。ぼくの手はきいろいな。

「ほんとだ、あ、うちのもきいろくなった」

こころに返事されんのへんなかんじ。そらがあおい。

「はっぱもあおい」じぶんのこえがひとのみたい。

「ようみゃく」ラメちがおちばのくきをつまんでくるくるまわす。

はるが「はっぱはみどりい」っていう。

まぶしい。目をつむる。くらい。まぶたにすけたけっかんがうつる。だから、あかい。からだのなかのいろ。けっかんがうごく、まんげきょうになる。

「ちのいろだね」

ち。はるのぺにーについたちはおちたのかな。せんぱい、いたかっただろうな。おでこのきずにふれてみる。ぼこっとふくれてる。もうじきばっし。びょういんきらい。

「ねえ、またみはりやらない？」

いやだよ、なんでそんなことききくの。せんぱい、たいいんしたじゃんか。さいあく。
「そっか。ごめんな」わるいけど、もういたいのやだから。
「あ、ちょうちょいた」どこだ、みえない。「くろあげは」
「ほんとだ。はねとはねのあいだが、ほそいもむし」みえない。
「いもむしはあしないよ」だからみえないってば。
ちょうちょって、はねはえてから、いっしゅうかんくらいでしんじゃうんだって
せみじゃん
ちがうよ、せみはほんとはいっかげつなんだよ、じゅみょー
くわしーね、ひかる、むしむしはかせじゃん
ままがいないとき、おばあんちあずけられてて、いっぱいおしえてもらってたの
「ねぇ、きこえてる？　蝶なんか見えないんだけど、僕」
ちょうはしんだひとのつかいなんだ、っておばあがいうから、うち、ちびんとき、ちょうがこわかった、あったことないおじいなきがして、いえいのおじい、かおこわいし、
そんかわし、いもむしはぶよぶよでかわいいからよくあつめてて、でも、ほっとくと、

かってにちょうになるのかなしかったな
「早口すぎ。それに僕、そんなの信じられないよ。死んだあとの世界なんてありえない」
じゃさ、あのちょうちょはひかるのおばあがみまもってるよって、いいにきてくれたんじゃね
まって、おばあまだいきてっから、かってにころさんで
あっは、すまんすまん
ね、うちらって、どんなかんじでしぬのかな？　ひかるは、きゅうじゅうくらいまでながいきするきしかせん
「僕死ぬのこわいよ。この前病院行く時、痛いよりも、死ぬの嫌だってずっとおもってた」
うーん、むじいな、でも、そのころには、ごーほーんなっっててほしいな
それな
で、しーちゃんみたいに、じぶんの、のうじょうもってて、あきになったらしゅーかくして、かわかして、なかまにはくばって、あとはおして、
あ、
そのころにはのうきょう
とかにおろせんのかな、まぁ、そんなふうにくらせたら、

どんなふうにしんでもいいか
な
「お父さんは最期まで野球が好きだった。けど、嘘ついて死んだ。あきらめなければ何でも叶う、プロにもなれるとか言ってた。お父さんはあきらめたから死んだんじゃない、嘘ついたんだ。あきらめなければ何でも叶う、なんていうくだらない嘘」
かみやってるときに
しんじゃったらさ、
めちゃからふるなちょうになりそうじゃね
いいね、さいこう、じゃ、はな
やってたらめっちゃとぶのはやいかも
きゃー！　すかいふぃっしゅのしょうたいは、ぴえーるだね
ぎゃっは、そのひとも、まだいきてるって
ひやこいしゃぶでしんだら、もすのう、になんのかな
いや、それぽけもんやん、しかも、が、だし
じゃ、あいすすぱいす？　あいすきゅーぶ？
がはは

「痛いの延長が死だし、だから死ぬのの次に痛いのが嫌だ」
あ、そうだ、ら
め、ぺんもってなかったっけ
うちもくるまおいてきちったや
しゃーなし
ひやけどめならあんで
いい、てんさろ、かまそ
う
「中学の野球部に入って、僕は小学生ん時みたいに、楽しむために野球がしたかった。勝つためじゃなくて。だからひたむきなみんなに無視された。監督に胸ぐらつかまれて怒鳴られた。みんなの足引っ張るなって。身体じゃなくてこころが痛かった。だから野球が嫌い。痛い思いしかしない」
ねぇ、らめ、いまどのへん、う
ち、おおなみきてる
おーじぇー、に、はち、なな
なんそれ

ちょっとまえまで、かんそくしじょう、さいだい、の、ぶらっ
く　ほ　ー　る、　な　り
ほんとの、いちばんは？
わ　す　れ　た、　か　い　ば　に、　と　り　い　っ　て　く　る
やめとけ、らめかえってこい
か　みが　い　る　な　ら、　おーじぇー、　に、　はち、　なな、って　な　ま　え
そうだいすぎるから
う　ち　は、　か　み　の　な　づ　け　お　や、　な　ー　み　ー
「結局、何をしたって痛い思いしかしない。もう何もしたくない。生きたくない、死にたくない、こわい」

う　ち　ら　は　い　ま、

は
い、
な
ん
じゃ
なくて、
りょうし
もつれに
ふ
れ
て
い
ま
す
ひかる、とびす
ぎだ
か
ら

え
ん
と
ろ
ぴー
はじかん
と
ともに
ふ
え
つづけ、じかんはまきもどらない
ぎゃは、いーぞいーぞ
おーじぇーのなか、
じ
しょう
の

ちへいめんには、すいこんだものす

じょ　う　ほ　うが　き　ろ　く　　され　てい　る　の　です

べ　て　の　　こ　れ　が　あ　か　しっく　れ

こーどのしょうたい　　　　　　　　　　　　です

「死にたくない死にたくない死にたくない死にたくない死にたくない死にたくない痛いの嫌
死にたくない」
　うちらはいま、へんせい、いしき、なんじゃな、くて、しょうかたい、をばいかいにし
て、あかしっくれこーどへ、ふれているわけ

おーい、だいじょうぶかー？
じょうだんだってば、ちょっとふざけただけ
じゃなくて、ももが、ふるえてる
ばっどはいったんかな、うちらで、て、つないであげよっか
「春とラメちが手を繋いできた。この二人もいつか死ぬ嫌だ。みんな死ぬ。お父さんがそれを教えてくれた。死にたくない。あきらめなければ死なない？　嘘だ。死ぬ死ぬ死ぬ死ぬ」
ねぇ、もも、すべてのものに、かんしゃ、しよう、ありがとう、って
どゆこと？
なるがばっどはいったとき、しーちゃんにでんわしたら、ありがと、っていわせつづければなおるって
うち、ばっどはいったことないからわかんない
ひかるは、うまれたときからまがってるから
おい！
ぎゃはは
「どうせ死ぬなら、世界になんの意味があんの。服とか、金とか、死んだら意味ない。文化も伝統も宗教も法律も、自然や宇宙からしたら何の意味もない。ただの生き物の肌触り。誰

もいない安全なとこで暮らしたい」
「あっそ、じゃあ、そうやって死ぬまで不貞腐れてろ」
え？　なに、どうゆうこと、はるのひだりてがはなしてる、こわい
あ、ももぴ、しゃべった、るるのてが、しゃべってるって
おい、ほら、もも、ありがと、っていうんだ
ばんぶつに、かんしゃ、がんじゃに、かんしゃ
らめはいいから
「意味ないなんて当然じゃんか。しょせんただの分子と原子のひっつき合いでしょ。そこに、悩んだり、あげく殺したり戦争したり、変な意味持たせてんのは人間でしょ」
いたた、おい、もも、つよくにぎりすぎ
「なんで、なんで手が話してんの、こわいよ、こわい」
「こわいのも当然。進化で手に入れた生き物の大事なセンス」
「こわいのいやこわいのいや」

ももぴ、ないてる
だいじょうぶ、いつかぜったい、こうかきれるから
「愛だよ、愛。愛はすべてのバッドを打ち消す力。五次元目の力、空間三次元、時間一次元、愛一次元。目を背けず、愛を持てば誰の死だって無意味ちゃうやん」
「どうすればいいの？」
「知らねえ、お前次第なんじゃん」
ほら、もも、しんこきゅうして、すってはいて、すってはいて
「春の左手からなにかが生え、それが春になる。春はベアーズの試合着を着てる。春が僕のサ　イ　ン　に　首　を　振　る」
そうそ、ももぴ、そのちょうし
すって、はいて
「なんで首振るの。あ、行かないで、小学生でストライクゾーン分割して投げわけれるのなんて、球速抑えてるとはいえ春だけなんだよ、すごいことなんだよ。利用しなきゃ。配球が悪いなら直すから。行かないで」
ごめんなさい
いーよ、あやまんなくて

いーってば
　　　　　　　　　　ごめんなさい
　　　　　　　　　いかないで
うん、ここにいるよ、らめもいっしょ
　　　　ごめんなさい、ありがとう

みどりいせき

「なつかしいねー」静くんが僕の前に皿を置いた。「いっつも春に泣かされてたよね」

「恥ずかしい、あ、いただきます、ありがとうございます」

削り出しの一枚板の天板の上で、にんじんとじゃがいも、豚バラブロック、全部が均一なサイコロ大にそろえられたカレーが米にかけられ、湯気をあげている。カレーのにおい。ラメちはみんなへの配膳が終わっていないのに食べ始めていたから、もう皿が空きそう。

「ねね、」静くんがスプーンを差し出す。「らめちゃんってさ、ピッチャーやってた時の春にどっか似てない？」

春がカレーを食べながら、スプーンを受け取る僕をにらんでいる。

「あは、ちょっとわかるっす」目を逸らしてルーをすくうと、くたくたに溶けた玉ねぎが糸みたいにスプーンにぶらさがった。「もう少し乱暴にしたらほぼ昔の小春」

舌打ちした春は目線をカレーに戻した。静くんは、さっきまでまどかさんが座っていた椅子へ座り、僕を見ながらおでこへ指をかざし、「それ、」と言う。

「まどかから聞いたよ」静くんは腰をおろしたばかりなのに、ラメちが食べ終えたのを目にかけると、その皿を持ってまた椅子を立った。「まだ糸抜けないの?」

うなずきを返し、キッチンへ向かった静くんを目で追いながらスプーンを口へ運ぶ。スパイスの風味と玉ねぎの甘みがベロに広がる。噛むたんびに豚の旨味が滲《し》み出して米の甘みと混ざり合う。最後にぴりっと辛味が抜けた。ほっぺが落ちる。うんめ。スプーンが止まらんくなる。ルーの油分に光がはねかえって虹色に輝いてる。

「今の少なかったから」ラメちが声をあらげた。「ご飯多めにして」

まどかさんが車への荷積みを終え戻ったのか、玄関から物音がする。

「もし春が一人で押してたら、大変だった」静くんはよそいながら続ける。「やっぱベアーズでもさ、モモくん卒業したあとに春の手綱引ける女房役の器なんていなかったわけよ。六年になる前に辞めちゃったんだから」

スプーンが止まる。今度は春が目を逸らした。ラメちはサラダをまずそうに口へ詰め込んでいる。静くんが皿を片手に戻ってきた。そのあとからまどかさんが続いて入ってくる。

「ほんと感謝ね」手をのばすラメちへ静くんが皿を渡す。「これからも、タタキとサツに気をつけながらよろしくお願いします」

しばらく言葉に詰まったけど、「カレー美味しいです」をなんとかしぼり出した。

「しーちゃんってさ」ラメちは口ん中の野菜を隠しもしない。「お母さんみたい」

まどかさんが、身体をのばしながら「食ったら帰ろー」って言った。


行きと違って外は真っ暗だから、サイドミラーに映る静くんの見送る姿は車が走り出すと一瞬で闇に飲まれた。乗り込む前に見あげたらめっちゃ星いっぱい。山中はハイビームに照らされたとこ以外なんも見えない。お腹いっぱいだし疲れてるし、ドライブの味気なさもあいまって、春とラメちはうしろで寝息をたてはじめた。

「これ Bluetooth つないでさ」まどかさんが iPhone を渡してくる。「なんかかけてよ」

ライブラリには知らない曲ばかりだった。一覧の上の方に、上裸のアフリカンがこっちをにらんでるジャケが目に入り、とりあえずそれを選ぶ。ゆるいリズムを刻む指パッチンが車内へ流れ出した。

「ヴードゥーか、ディアンジェロいいよね」

まどかさんは自分も一度指パッチンして、それから黙って運転し続けた。僕もぐったりだったし、だから僕は安心した。

高速へ入ると道路照明が増え、ようやく窓に自分の顔以外が映りはじめた。昼間のやつがまだ残ってんのか、光をふちどる輪っかのぼんやりが湿気に散らされ、とってもおっきく揺れている。支柱はとけて闇にまぎれていた。ちっさい頃、みずぼうそーんなって、夜中に高熱を出し、車で救急外来へ運ばれた時にながめた景色の記憶がよみがえった。あん時はタクシーだった。フロントに花火が弾けた、と思った時にはもううしろへ流れちゃってて、でもまた新しい花火。東京に着くまでにいくつの灯体とすれ違うんだろ、暗くならないようにって一本ずつ人間がここへぶっ刺したんだ、とか考えてたら脳がむずむずした。

アルバムが終わり、「次もよろしく」とまどかさんが言う。また適当なジャケをタッチする。トランペットがうなりをあげ、貨物トラックしか走っていない物悲しい夜中の関越に狂騒的なジャズがただよう。

「ウディ・ショウ？　しぶいね」

「はあ、まぁ」と答えるけど、恥ずかしくなって白状する。「あの、適当に触ったらこれが流れました」

「はは」まどかさんは腕時計を確かめた。「もう抜けた頃よね？」

「はい、あ、いや、なんかまだ目にチカチカくるっすね。最初まじでこわかったす」

「脳の仕組み変わっちゃうからね。抑制されてる機能が全暴走すんのよ。どだった？」

「あー、今はすっきりした気分てゆうか、プールあがりの気だるさみたいな、うわ生きてるって感じ……」迷ったけど打ち明ける。「あの覚えてないんすけど、泣いたらしいっす」

「おぉそっか、意識めくれちゃったかぁ。トラウマの治療に使う国もあるくらいだからね」まどかさんがちらっと僕へ顔を向ける。「ま、なにごとも経験よ」

「はあ、あ、あの、この前病院連れてってもらってあざした」

「いやいや、死ぬでしょあんなんほっといたら。シスコンになんか言われたかもだけど、無理して続けなくていいから」

「はい、そのつもりっす。あれから春は配達行ってないんすか？」

「静がうるさいから。足もまだ悪いし。でもナル治ったら彼、復帰すんだろうしあんま気にすんな」まどかさんが目線をあげてバックミラーを見た。「別に春ちゃんなら一人で任せていいと思うんだけどね。元々そうだったし、ナルも好きにやりたいでしょ。ヤングガンズは多い方がにぎやか。色々と」

外の光でまどかさんの顔がわずらわしく点滅している。明かりのせいで表情が読み取れない。と思ったら急に笑いだした。

「強いから、別に強がりじゃねえ」

「あぁ、はい。え？」

「まだ春ちゃんが中三で新米Pん時さ、キッズ二人にタタかれてボコボコんなって帰ってきたことあったの。俺も静もさ、そん時は知り合いに用意してもらった黒の天ぷらナンバー乗ってたし、手押しのリスクとか考えたこともなかったから。静のさ、見張り付けなきゃネタまわさない、が兄妹喧嘩のゴングで、売り言葉に買い言葉。その末にこの台詞《せりふ》が飛び出したってわけ」

僕がインストを選んじゃったからまどかさんは無理して話してんじゃないか、って気がしてそわそわする。

「結局、春ちゃん用心深くてネタもアガりも持ち歩いてなくて、そっちは無傷でさ」まどかさんがいっそう楽しそうな声を出す。「逆にキッズがアホでスマホ持ち歩いてやがんの。春ちゃん怪我しながらそれ持って帰ってきちゃって。ま、それでも静の条件は覆んなかったけど」

「あぁ、それで僕とか先輩が」

「そ、シスコンなのに、春ちゃんが一番嫌がることわかってないんだよな、あいつ」

なんて返せばいいかわからず、まごついてしまう。

「見くびられんのまじ嫌うじゃん？　見えてるまんまなのに」

そうっすね、と間をうめるための空返事が出た。


北府中の都営団地へ着くと、東京だから夜は明るいけど、星は見えないし、ひと気もない。ラメちが降り、そこで別れる。ラメちは最後まで目をこすり続けていた。次に春をヤサへ送り、最後に僕の家、ということになった。

発車の前に、何枚目かのアルバムが終わって静かだから、また曲を選んでいると、まどかさんの iPhone に〈保護されたメッセージ〉とポップアップが入る。

受け取ったまどかさんの、目を見開いた顔が液晶に照らされ、青白く、こうこうと車内に浮かんでいる。そしてすごい勢いでうしろへ振り返った。僕も一緒にのぞき込むと、おんなじように顔を下から照らされた春が真顔で首を横に振った。

無音のまま車は走り出す。春もまどかさんも口を開かない。僕だってたいして話すこともないから黙っておく。車内を染める信号の赤が、電球のひと粒ひと粒までいやに鮮明で、長くて苦しい。腰が痛い。


ヤサの通りへ折れ、家の前へ着いたのに、まどかさんは徐行をゆるめず車を進めた。斜向《はすむ》かいの邪魔な位置にエルグランドが停まってて、いつもみたいに横付けしたらちょうど道を塞いじゃうから少し先に停めんのかなって考えてたら、またすぐに通りを曲がり、アクセルが強く踏み込まれ、加速した。

「やっぱ、わナンバー」とまどかさんが言い、

「くそが」と春が吐き捨てた。

「冷静になろう。とりあえずモモぴ送って、春も実家でいいなら一旦そこで降りなよ」

「意味ない。なにもかも置いてあるから結局アシつく」

「昼間、隙見つけて処分しに行くから。なんかあっても俺が被るから、春は完黙に徹して。とりあえず、静にウィッカー」

二人の不穏さのせいで僕の鼓動は肋骨をへし折りそうなほどおっきくなる。犬みたいな荒い息づかいが聞こえてきて、それが浅くなった自分の呼気だと気づく。止めるために何度も拳で胸を殴る。体の中に鈍い音が反響する。

「最低過ぎ、最低過ぎ最低過ぎお前ら最悪、まぬけどもが」

「おい」まどかさんの左手が僕の殴る腕をキャッチする。「ももは大丈夫だから、絶対」

腕を押さえつけられ、逃げ場のなくなった感情が叫び出す。全部の窓が閉まっていく音がして、車内に跳ね返った自分の声で鼓膜が痛い。息が続かなくなってようやく僕は黙る。殴

った胸のとこがじんわり熱を持った。車は甲州《こうしゅう》街道のコンビニへ入り、まどかさんが降りていく。

「絶対お前は大丈夫だし」と春が淡々と言う。「なんかあっても誰も口割らないから」

「うっせえ、聞きたくねえんだよ、んなざれごとっ」つばがひっかかりむせてしまう。

運転席のドアが開いた音に過敏に反応してしまい、窓上のグリップバーへ頭を打ちつけてしまう。ペットボトルの水を差し出される。激しく揺れる自分の吸ったり吐いたりがさらに不安を掻き立て、受け取るどこじゃない。目の前のホルダーに水がさし込まれる。

コンビニからもれてきた店内放送がうっすらと聞こえた。おない年のアイドルが新商品のお菓子を宣伝していて、東南アジア系の店員さんが雑誌を並べているガラスのこっちで小バエが明かりに群がっている。

夜中なのに蟬が鳴いている。

僕は水を飲む。とにかくのどを鳴らす。首を伝ってシャツが濡れる。ペットボトルのつぶれる音がする。飲み干すと少しだけ落ち着いた。

「はぁ……、もう最悪だ、騒いでごめん」

スマホの電源を入れると、不在着信が何件もあるし、お母さんからの〈あんた何したの？どこにいるの〉というメッセージが入っていて、気が遠くなる。

「大丈夫じゃねえじゃん」

画面を見せつけようとしたら電源が落ちた。カッとしてスマホを床へ投げ捨てる。

「あぁああ、最悪だ、もう、わあああ」頭を掻きむしったら爪がひっかかってガリっと鋭い痛みが頭皮に走る。でも興奮のせいですぐ痛みは消える。「はぁ、うちにも来てるみたい。お母さんからメッセージ来てた」

僕はわめき疲れ、ヘッドレストへ頭をあずける。

「家にネタあんの？　なければ大丈夫」

「大丈夫？　ウケる、なんだそれ、てめぇがよこしてきたんだろ、それがあんだよ、机ん中に」

ドン、って音が横から聞こえ、目を向けるとまどかさんがステアリングを殴りつけていた。

「一家だよ。パクられて売ったんだ。ナルの件もあるし、じゃなきゃ内偵つける理由がない」と声をあらげた。

僕は自分が恥ずかしくなった。春と動くようんなってから、学校でみんなが経験しないことを自分はこなしてる、って得意な気持ちに浸って、クラスの人らを動物を見るみたいにながめてた。みんなと違い、世の中の裏を知ってるし、そこへ身を置く覚悟も持ってて、僕は学生のフリしたリスクと戦う透明人間なのにこいつらは恋愛受験バイト部活交尾勉強、くだらない、って一瞬でもそんな優越を頼もしく思った自分が恥ずかしい。情けない。そんなん思いあがりの虚構でしかなくって、ただ僕が道を踏み外したまともな人間じゃなかっただけ。もともとわかってたのに、今んなってようやく思い知った。

「ふう、スアンとこも近づかない方がいいな」まどかさんがiPhoneを見ながらつぶやく。「あっちのネタは今、空だし、エントランスのアプリに出入りの履歴もないから巻き込めない」

「ダメだ、さっきのメッセっきりナルと連絡つかない」春は早口になっている。「だっる。あー、ひかるとはぐに謝んなきゃ」

「あ、待って、まだ内偵確実じゃないから。下手に連絡しない方がいい」まどかさんは僕でも春でもないとこを見ながら言う。「あっちのパーキング移すから、そしたらもっかいヤサ見てくる」

車が動き出し、まどかさんのシートベルトの警告が鳴り続ける。春が何度もため息と舌打ちをくり返す。車を停めるとまどかさんは、「車いなかったらすぐ戻るから」と言って降りて走っていった。

センターパネルのデジタル時計が二時過ぎを示している。床に転がったスマホを拾う。液晶にヒビが入っちゃった。もうこころん底《そこ》でどっかあきらめたのか、今の自分は間違った分岐を選び続け、枝わかれに枝わかれを重ねたマルチバースん中でいっちばんみっともない枝先に実ったしょうもない腐ったくだもの、って考えが湧いてきて、なら過去の自分が悪いだけで現時点の僕はなんも悪くないし、ってへんに落ち着いてきた。爪で液晶のヒビを拡げながら、決定的にズレたポイントはどこだったんだろ、って思いをこらす。まず今日家を出なきゃよかった。病院で警察を呼べばよかった。グラサンマスクを追いかけなきゃよかった。お母さんにバレかけた時に懲りてれば。グミ氏から真実を打ち明けられた時、校外実習から置いてかれた時、野球を辞めた時、部活でしごかれた時、お父さんが死んだ時、春との最後の試合ん時、チームに入った時、お父さんとキャッチボールしに出かけた公園で、春と出会った時、生まれた時。さかのぼってみたら地球の誕生まで全部クソな気がして、どのみち実は腐ってたんじゃないかって気がする。だったら楽しかっただけマシなのか。うしろから、「どした」って声が聞こえてきて、無意識のうちに笑ってたことに気がついた。ま、捕まっても別に死ぬわけじゃないか。公民の授業を思い出す。留置所取り調べ留置所検事調べ起訴拘置所家庭裁判所刑務所、あ鑑別？　年少？　どうでもいいや。どんなことも失敗したら残念だけど、最悪でも死ぬだけ。何事も経験。あぁ、たかだか野菜なんかでなんで人に会えなくなんの。他の国なら文化なのに。ああ、グミ氏のライブ行きたかったな。そう思った時、胸が高鳴り、肌が粟立《あわだ》った。

「ねぇ、春」

「なに」

「警察って学校来たりすんのかな、ロッカー調べたり」

「ナルがパクられたんならあるかもね」

「先輩と繋がりのある人のも？」

「うちがポーポーなら全部調べるね、手柄だし」

僕は車を飛び出し、体は走っていた。

夜中の住宅街は静まり返ってて、自分の足音だけがそこにある。まだ、さっきのやつが残ってて、足音が二重にダブり始めた。体が動き始めるとアドレナリンが出るのか、自分史上最高のスピードが出ている気がした。お腹が痛い。熱帯夜に汗が噴き出し、袖で拭いても追いつかない。息が切れ、のどがひっつく。ずっと座ってたから太ももがつりそう。ダブった足音がズレて聞こえ始め、完全に僕の足音から分離した。効き目が長すぎる。と思ったら、春が、怪我してんのに軽々と僕を追い越して立ち塞がってきた。

「はぁ、はぁ、どこいくの」

いつのまにか脱げちゃってたサンダルを春が目の前に放る。息が戻らず、返事ができない。

振り返ると駐車場から全然離れてなかった。肩があがってはさがる。膝に手をつく。汗が顎を伝ってアスファルトへ垂れた。ひゅーひゅーと息がもれていく。

「今朝、グミ氏が、先輩のネタ、自分の、ロッカーに隠したって、言ってた、取りいく」

春が iPhone を開き、「一緒に行く」と言った。


学校の裏通りへ着くとめまいがした。普段、敷地を囲うフェンスなんて注意して見たことがなかったから、三メートルも四メートルもそびえててうなだれる。どっか入れるとこがないか探そうと、門へ近づこうとして春に肩をつかまれた。

「そっちはダメ。裏門も正門もカメラある」

「じゃあ、登ろう」

「セコム鳴るかもしれん」

春があたりを見回し、学校から離れていく。と思ったら急に走り始めた。ついてった先には、盆栽や植木鉢、水瓶が軒先から歩道まで乱雑にはみ出した木造のボロ屋があり、春は iPhone のライトでガラクタの山を照らしている。しゃがみ込み、腕をのばしたと思ったらこっちへ駆けてきた。その手には剪定鋏《せんていばさみ》が握られていて、柄はメリケンサックみたいに頑丈な作りりんなってて、頼り甲斐ありそう。戻って、春がフェンスに当ててみると思った以上で、スチールに刃が嚙むとギアが作動してラチェットに力が加わりスパスパと切れていった。みるみるひし形に編まれたフェンスに人が通り抜けれそうな切れ込みが入った。

先に春が通り抜けていった。とりあえず屋外にセンサーとかはないっぽい。春が向こうからフェンスを押さえてくれたのにシャツが切れ端にひっかかって破れた。

音を立てないよう、忍び足で慎重にしているけど、身体ん中は緊張と興奮でもうはち切れそうだった。春が絵に描いた泥棒みたいに中腰で進むから笑いそうんなる。校舎裏の非常階段を三階までのぼり、避難扉の前で春に声をかける。

「ねぇ、セコム平気?」

「鳴ったらもう、はぐのロッカーまでガンダして、ガードくる前にふけよう。ここまで来たんだし」

春がノブをつかんで扉をゆっくり引く。ひとまず、音は鳴らなかった。中へ入ると、僕らは素足になり、廊下をぺたぺたならしながら歩く。たぶんセンサーみたいのは職員室のある南棟や劇薬のある化学室、昇降口にしかないようで、なんなくグミ氏の教室へついた。

黒板横に貼られた名簿からグミ氏の出席番号を調べるために教室へ入ろうとしたら、「なにしてんの」と春がささやいた。

「ロッカーの番号見ようと思って」

「うち知ってるから」春はロッカーの前に立ち、下から二番目を指差した。「ここ」

僕はしゃがんでシールまみれの扉へ手をのばしたけど、急にプライバシーが気になって春に開けてもらった。

「学校のもんしかない」

「うそ、見て平気?」

春がうなずいたのでのぞき込むと確かにぱっと見《み》は変なものはなさそう。春がペンケースを手に取り、ジッパーを開くと青臭い匂いがただよった。中を探ると筆記用具に混じってジョイントが一本出てきた。春からそれを受け取る。

「一応全部見とこう」と言って、春がロッカーの中身を全部出す。教科書と丸められた緑色のジャージ、CD数枚、有線のヘッドホン、無線のイヤホン、タイプCのケーブルとモバイルバッテリー、ペンケース。戻しながら細かくチェックしたけど、結局ジョイント以外は何も出てこなかった。

安心した僕と春は廊下にお尻をついてへたり込む。リノリウムがひんやり僕らのほてった熱を冷やしていく。

「ひとまずグミ氏守れた?」

「うん、おてがら」

春が握り拳を向けてきたので、ぶつけて返す。その手が力無くおろされ、すぐに春の顔から表情がなくなっていく。

「まどかさんから連絡は？」

「ない」

「かけてみたら？」

「うん」

春が電話をかけているあいだ、このあとのことを考えてぐったりした。最寄りへ向かい、始発を待って家に帰っても、そこで張り込まれているかも知んない。悪いことしてないのに逃げ回るなんて面倒だな。だるい。横でコール音が鳴り続けている。なんにせよスマホが使えないのは不便だし、グミ氏のバッテリーをスマホへ繋ぐ。

「ダメ、出ない」

春が横に置いていたフォースのベロをつかみ、ロッカーへ投げつけた。廊下にその音が響き渡る。かなりのおっきさだったけど、警報は作動しなかった。春の頭が両膝のあいだに沈む。

「静くんからは？」

春が首を横に振る。

「まどかさんも静くんも充電切れただけかもよ」

「もう終わりだ」

「……ね」

「巻き込んですまん」

「ほんとだよ」

春がすこしだけ頭を起こし、開いた画面を見つめ、通知がないことを確認してまた沈み、「あー、疲れた」とつぶやいた。

「僕も、変なの食べたし、ヘトヘト」

遠くで車の走る音がする。

となりで春の息を吐く音が聞こえる。

僕ら以外に誰もいない廊下。誰もいなくなればいい、っていつも願ってた。

願ったから叶った。

まるまった春はいつもよりちっさく見えた。

また春がため息を吐いた。そんなん聞きたくないと思った。

「あー、やば波来た」僕の声が廊下を走った。「うーわ、僕またパッキパキ。ねぇ、春が四人に見える、ねぇ」

春の頭は起きない。

「やばーい、廊下がぐにゃぐにゃに曲がってる！　手相がうねうね！　こわーい。うわ、変な声聞こえてきた、げんちょーこわーい！　え、なになに？　ふんふん、天啓だ！　よれた神のお告げだ。三階の？　地学室へ行けだって！」

春の肩をゆする。起きるまでゆする。顔をあげた春の目が赤くうるんでても僕は気にしない。へっちゃら。

「ねぇ、天文部の望遠鏡のぞきに行こうよ、ほら行こうってば」

虚脱して重くなった春の脇の下に手を入れ、無理やり立たせる。

「火星人見えるかも、火星人、しゃこーきどぐー」

春の腕の下に頭を差し、肩を組んで連れて行こうとしたら、「自分で歩けるから」と春が歩き出した。

「靴忘れてるよ、おっちょこちょいだねー」

地学室は鍵がかかってなくて普通に入れた。けど、空が白み始めているし、望遠鏡の使い方がよくわかんなくて焦る。けっとばしたら倒れちゃってなにかが割れる音がした。

「うひゃー、がしゃんだって！」

振り向くと春が両腕をさげて僕を見つめている。

「わかったこれが欲しいんだろ」

ポッケからジョイントを出して春の顔へ近づける。春の目はなんも映してないっぽい。

「おぬし、火を持っておらぬか！」

返事はない。勝手に裾広のハーフパンツのポッケへ手を入れる。なんだかんだ生あったかい。硬いのが指に触れ、抜き取る。ピンクのＢＩＣ。ねじってとんがったジョイントの先端を燃やす。ペーパーのこげた匂いがただよう。

「あ、火災報知器鳴っちゃうかも！」小走りで窓へ駆け寄って開ける。「これで完ペキ」

咥えて火をつける。一服して、春に渡す。受け取らないから自分でもうひと吸いしたら、吐く時に咳が止まらなくなった。咳に体を揺らしながらもう一度差し出す。受け取らないから指で春のくちびるをめくり、無理やりにねじ込む。火種が明るくなったから僕は指を離す。春が鼻の穴をひろげて煙を吐き、だからぼくは胸がつまった。春が咥えっぱなしだから、

「ずっちいぞ」と言って抜き取り、吸ってから返す。今度は自分で受け取ってくれて、吸ってからまたぼくに返してくれる。

地学室にふたりの咳が響いていた。全部が灰になるまでまわしあった。

「出るか」とすっかり目を真っ赤にした春が言う。

廊下を越えた、反対側の避難扉を目指して二人で歩く。フラフラして、肩をロッカーへぶ

つけちゃった。あ、ここぼくん教室じゃん。立ち止まって、中をのぞく。おばけでそう。

「ねぇ、春、おばけいるよ」教室に頭を入れたまま叫ぶ。

春がうしろの扉から頭を出した。目が合って笑い合う。ふと思いついて、山本くんの机まで行き、中を漁るとやっぱ硬式球が出てきた。

「へいへい、まいぼまいぼ」と言って、アンダースローで春にパスする。

暗いのに春はパシン、と片手でキャッチした。

「痛って」ともらし、春が握った球を見つめている。

ぼくは教卓に飛びあがり、天板の上にしゃがみ込む。右手を腰に添え、左手を顔の前につき出す。

「本気で投げて」

「は？　硬式よ」

「バッター四番、ツーアウト二塁、カウント、ツーツー」

春がまだ球を見つめている。

「本気で、まじでがちの本気で」

今度はぼくをまじまじと見ている。

「たのむ」

顔の前の左手がふるえてる。

春がぼくを見ている。

両腕をあげて春が振りかぶった。軸足は怪我してないから根を張ったような体幹で右足を持ちあげる。ぼくは唾を飲み込む。上体がひねられ、腕が振られた。球はぼくの左手へ吸い込まれるようにグンと迫り、次の瞬間、人差し指と親指の付け根の水かきを弾いて鼻っぱしらに直撃した。

頭に弾けた閃光が、逆インフレイションを引き起こし、大風呂敷を広げた宇宙をプランク長以下のスケールへ折り畳み始める。そこには珍しくお父さんのいない日曜日があり、ぼくは算数の宿題をやっていた。チャイムが鳴らされた。「野球選手きてるよ」とお母さんが呼ぶので玄関へ向かうと練習用の白いユニフォーム姿の春が「ももちゃん、野球しよ」と言って、ひとりで立っていた。お父さんとしーちゃん抜きで、初めてふたりだけで野球をした。来年、三年生になったら兄がいたチームへ入団する、とキャッチボールをしながら教えてくれた。春に教わったように球の縫い目に指を添わせていると「イチローは毎日カレー食べるんだって」と春が言った。「はるもね、いつもカレーライスたくさんおかわりするんだ」

「ぼくもママのカレー好きだよ」握り方を確認しながら腕を振った。

「じゃさ、一緒にプロ野球選手になっちゃおうよ」

「女の子もなれんの？」

「だってはるのボール、誰も打てないんだもん」春はキャッチするとすぐに投げ返した。

「ぼくが打つよ。ホームランする」春の返球でグローブが鳴った。

「だめだよ。ももちゃんははるのキャッチャー」春が人差し指を向けてくる。

「おんなじチーム入れるかな」縫い目を指で探し、握り方を確認する。

「土曜日と日曜日が練習だよ」春がグローブのポッケを殴って鳴らしている。「学校のグラウンドで」

「……。ぼくも行っていいの？」

「だって、しーちゃんが、他に誰もはるのボール捕れないって言ってたもん」

「お父さんに聞いてみる」

「いいよ、聞かなくて。ね、プロ野球選手になったら、いっぱいお金もらえるって、しーちゃん言ってた」

春がまたグローブを殴り、また殴り、でも殴る音がしなくって僕は首を振る。振り過ぎて頭が抜けちゃうかもしんないけど振る。収縮が止む。僕は宇宙がこれ以上巻き戻らないようにしっかり目を見開いて、ふんばり、痛みに耐える。

勢いで黒板とのあいだへ落ちてしまったぽくて、教師が踏むための木のステップに後頭部を打ち付けていた。頭の前もうしろもガンガンするし、鼻の奥をあったかい液体が流れてのどを抜ける。鉄の風味がする。これが僕の味。生きてる感じ。

春が近づいてきて僕を心配そうにのぞき込む。

鼻血を手の甲でのばし、「変化球？　ボール四つに見えた」と口角をあげる。

「へたくそ、直球だし、全力の」と言った春に歯を見せつける。

「うっわ、まじマヌケな顔」と春が笑った。

差し出された手を摑んで立ち上がる。

初出「すばる」2023年11月号
第47回すばる文学賞受賞作

本作品はフィクションであり、人物・事象・団体等を事実として描写・表現したものではありません。

カバー作品＝chlumi
装丁＝川名潤

大田ステファニー歓人
（おおた・すてふぁにー・かんと）
１９９５年東京都生まれ。
２０２３年、本作で第47回すばる文学賞受賞。

みどりいせき

2024年2月10日　第1刷発行
2024年7月22日　第4刷発行

著　者　大田《おおた》ステファニー歓人《かんと》
発行者　樋口尚也
発行所　株式会社集英社
〒101-8050　東京都千代田区一ツ橋2-5-10
電話　03-3230-6100（編集部）
03-3230-6080（読者係）
03-3230-6393（販売部）書店専用
印刷所　大日本印刷株式会社
製本所　加藤製本株式会社

ISBN978-4-08-771861-4　C0093
定価はカバーに表示してあります。